Stella Díaz tiene algo que decir

STELLA DÍAZ TIENE algo que DECIR

ANGELA DOMINGUEZ

Scholastic Inc.

Originally published in English by Roaring Brook Press as
Stella Díaz Has Something to Say

Translated by Ángel Antonio Vidal

ISBN 978-1-338-29024-0

10 9 8 7 6 5 4 3 2   18 19 20 21 22

Printed in the U.S.A.   40
First Spanish printing 2018

A mamá, Connie,
Linda y todas las
personas que inspiraron esta historia

Capítulo uno

El olor a albóndigas llenaba la casa cuando mi hermano Nick y yo llegamos.

—Es hora de la cita semanal —dice Nick rumbo a la cocina.

Afirmo con la cabeza, y comienza a hacérseme agua la boca mientras lo sigo y escucho el sonido de la comida chisporroteando.

En la cocina, veo a mi mamá haciendo su magia en una olla grande que está sobre la estufa. Ella cierra los ojos mientras saborea la salsa de tomate en una cuchara de madera. Todavía está con su ropa de trabajo, aunque ya tiene puesto un delantal y zapatillas en lugar de tacones. Mi mamá tiene que ir todos los días a la oficina, así que no cocina durante la semana; excepto los viernes, lo que se ha convertido en nuestra "cita semanal". Esa también es la noche que jugamos juegos de mesa hasta pasada la hora habitual de irnos a la cama.

—¡Mis bebés! —exclama mi mamá al vernos, extendiendo los brazos para darnos besos y abrazos.

—¿Puedo ayudarte, mamá? —pregunto, mientras me limpio la marca de lápiz labial que me dejó en la mejilla.

—¡Por supuesto, Stella! ¿Quieres hervir los espaguetis mientras me cambio de ropa? —dice, quitándose el delantal.

—¡Síii! —respondo, y me río por dentro.

A pesar de que mi mamá habla inglés y español a la perfección, la gente dice que tiene acento. Para mí, esa es su forma de hablar. Aunque de vez en cuando noto que pronuncia alguna palabra de una manera graciosa, como "espagueti".

Cuando mi mamá regresa, trae puesta una camisa grande y unos *jeans*. Se inclina sobre la olla de albóndigas que hierven a fuego lento y aspira el olor. Mi mamá dice que se puede saber cuándo la comida está lista por la manera en que huele. Me mira y me hace un gesto que quiere decir que ya lo está.

—Stella, saca los platos, por favor —dice.

Saco los platos mientras Nick ayuda a llevar la comida a la mesa. Mi mamá sirve un poco de espagueti y albóndigas en mi plato. Al pasármelo, se asegura de sacar la hoja de laurel. Dice que la hoja de laurel les da a las albóndigas un sabor especial, pero no debemos comerla. Nick se sirve solo. A mi mamá le gusta tratarme como a una bebé, a pesar de que estoy en tercer grado.

—Bueno, ¿cómo les fue en la escuela esta semana? —pregunta mi mamá cuando comenzamos a comer.

Nick empieza a hablar mientras enrolla los espaguetis en el tenedor.

—Bastante bien. Creo que me voy a unir al equipo de baloncesto este año. Jason y Adam también quieren unirse.

Nick está en octavo grado, y los niños de la escuela intermedia pueden practicar deportes en la escuela.

—¡Te vas a poner muy fuerte! —dice mi mamá, y sonríe.

Nick se pone colorado.

—Así me va a resultar aún más fácil vencer a Stella cuando echemos un pulso —dice mi hermano.

—Pienso practicar más que tú —digo, y le saco la lengua.

Mi mamá nunca se enoja. Solo cuando mi hermano y yo nos halamos el pelo o nos insultamos, lo cual no sucede muy a menudo. Tampoco toma partido, por más que yo a veces quisiera que lo hiciera. En cambio, lo que hace es reírse.

—Y a ti, Stella, ¿cómo te fue? —pregunta.

—Genial. Hoy la Sra. Bell dijo que vamos a comenzar a leer de manera independiente en clase. Eso significa que vamos a leer solos y en silencio. Quiero leer sobre los peces, por Pancho —digo.

—Eso suena divertido, y Pancho te lo va a agradecer —dice mi mamá.

Pancho es mi pez peleador. A este tipo de peces les gusta estar solos. Pueden ser tan coloridos como el arcoíris, pero Pancho es más que nada azul, mi color favorito. Me encanta que a Pancho le guste estar solo y tranquilo.

—¿Algo más? —pregunta mi mamá, guiñándome un ojo.

—Oh, la Sra. Bell también dijo que llegará un nuevo estudiante la próxima semana. Espero que sea una niña para que pueda jugar con Jenny y conmigo. Es difícil jugar al corre que te pillo cuando solo somos dos —digo, y me concentro en los espaguetis.

—Bueno, quienquiera que sea, seguramente será alguien agradable. Trata de que se sienta a gusto y sé dulce, Stella —dice mi mamá.

—Te lo prometo —digo, asintiendo con la cabeza.

Mi mamá no se imagina lo emocionada que

estoy con lo del nuevo estudiante. La escuela ya no es igual desde que mi mejor amiga, Jenny, no está en mi misma clase. Me he esforzado mucho para hacer más amigos, pero no es fácil. El primer día de este curso no me fue tan bien. Apenas pude hablar, porque tenía el estómago revuelto. Para colmo, cuando hablé, metí la pata. Tuve que leer en voz alta un párrafo sobre mis vacaciones de verano y pronuncié mal varias palabras. Eso hizo que algunos de los chicos de mi clase, como Jessica Anderson, se rieran.

Espero que el nuevo estudiante sea una chica que se parezca a mí. Tal vez también le gusta dibujar o tiene un pez, o puede correr tan rápido como yo. Estoy segura de que se sentirá un poco sola o asustada en su primer día de clases, como me sentí yo. Estoy segura de que apreciará mi ayuda. Le podría decir algunas cosas de la escuela, como cuál señora de la cafetería da más papas fritas o qué baños no son los mejores.

Miro a Nick.

—¿Has aprendido algo interesante hoy? —le pregunto.

Me gusta hacerle esa pregunta a mi hermano durante la cena. Todo lo que enseñan en octavo grado me parece fascinante.

—Bueno, estamos estudiando los tornados y el clima en la clase de ciencia. Los videos son geniales —dice Nick, después de pensar un segundo.

—¡¿Los tornados?! ¡Qué horror! Espera... ¿pueden darse en Chicago? —pregunto.

Nick suelta una risita. Cada vez que se ríe así, sé que planea burlarse de mí.

—Sí —dice Nick—. Los *tomates* pueden darse en Chicago.

Me cruzo de brazos.

—¡Grrrrr! Sabes que dije *tornados*, no *tomates* —digo, molesta.

—Escuché *tomates*, y no debe-  rías tenerles miedo —dice, dán- dome un suave codazo—. Ahora bien, las coles de Bruselas sí son aterradoras.

—Creo que voy a hacer coles de Bruselas el próximo viernes —dice mi mamá, guiñándome un ojo.

—Puaj. Por favor, no hablen más de vegetales —dice Nick.

Mi hermano es genial la mayor parte del tiempo, pero a veces puede ser un fastidio. Sabe que me molesta que se ría de mí cuando pronuncio mal las palabras. No puedo evitarlo. A veces confundo el sonido de las letras y, cuando lo hago, me pongo *roja* como un tomate. Estoy asistiendo a una clase de dicción para resolver ese problema, pero no me gusta tener que ir y, definitivamente, no me gusta que la gente se burle de mí.

Capítulo dos

Como hasta sentir la panza tan redonda como una albóndiga. Luego vamos a la sala a jugar a las cartas. Mi mamá pone salsa y, como siempre que lo hace, terminamos bailando. No estoy hablando de la misma salsa que comemos con pedacitos de tortilla de maíz tostada. Se trata de un baile en el que hay que mover las caderas y dar vueltas. Es muy divertido.

Empieza a sonar una de las canciones favoritas de mi mamá.

—¡Ay, mi favorita! —dice ella, y me levanta de la silla.

Nunca bailaría en la escuela, pero con mi mamá es diferente.

—Stella, solíamos bailar esta canción cuando vivíamos en la Ciudad de México —dice mi mamá dando vueltas.

—¡¿Cómo?! —exclamo sorprendida.

Mi familia es de México, pero nos mudamos a Chicago cuando yo era una bebé. No me imagino a una bebé bailando. ¡Ni siquiera pueden caminar!

—Bueno, en realidad te mecía en mis brazos, pero bailaba por ti y por mí.

Mi mamá me alza por un segundo como si fuera una bebé, y eso me da risa. Luego trata de levantar a Nick.

—¡Mamá! —dice mi hermano, molesto.

Veo que, mientras se arregla el pelo, Nick sonríe. Últimamente actúa como si fuera demasiado grande para jugar con nosotras, pero sé que, en el fondo, todavía le gusta. Esa sonrisita siempre lo delata.

Después de muchas rondas jugando cartas y bailando salsa, voy a mi habitación. Antes de acostarme, le doy de comer a mi pez peleador.

—Pancho, la próxima semana aprenderé todo sobre ti y tus parientes —digo.

Luego, me meto en la cama y me quedo viéndolo nadar. Quiero mucho a Pancho, pero me alegra no ser un pez peleador. No podría estar sola en una pecera, sin mi familia. Pienso que Nick se vería gracioso si fuera un pez. Cuando cierro los ojos, comienzo a imaginarme al nuevo estudiante, que espero que sea una chica y se convierta en mi amiga.

—Ojalá hable español —digo antes de quedarme dormida.

Capítulo tres

El lunes por la mañana, Nick me acompaña a la escuela antes de dirigirse a la suya, la escuela intermedia de Arlington Heights.

Está a punto de despedirse con su habitual "Adiós, mana", cuando Jenny nos alcanza. Se acerca con una sonrisa de oreja a oreja, y enseguida veo por qué. Lleva una mochila nueva muy al estilo suyo, con purpurina y un gato.

—¿Te gusta? —pregunta Jenny.

—¡Sí! —respondo.

—¡Gracias! Quería tener una que se pareciera a la de Anna.

—¿¿¿A la de quién??? —pregunto.

—Anna. Una chica de mi clase que tiene muy buen gusto —dice Jenny, sonriendo.

Nick pone los ojos en blanco.

—Niñas —dice.

A mi hermano no le gustan los brillitos. Me frota la cabeza y se va mientras Jenny y yo entramos a la escuela.

—Casi se me olvida —dice Jenny—. Te traje caramelos de lichi. Mi mamá fue al mercado vietnamita.

Jenny abre la mochila para buscar los caramelos y me paso la lengua por los labios.

La familia de Jenny es de Vietnam, pero, a diferencia de mí, Jenny nació aquí en Chicago.

—¡Qué rico! —digo, y me meto un caramelo en la boca.

—Oh, ahí está a Anna —dice Jenny cuando llegamos a su clase—. Tengo que mostrarle mi nueva mochila. ¡Te veo en el almuerzo, Stella!

La mochila de Jenny rebota en su espalda mientras entra al salón. Desde donde estoy, puedo ver a Jenny saludando a su amiga, pero no alcanzo a ver la cara de Anna.

"¿Quién será?", pienso.

Suspiro y miro la pulsera de mejores amigas que Jenny me regaló en el verano. De repente, me parece más pequeña de lo normal, sobre todo si la comparo con una mochila. Me alegro de que Jenny no esté sola en su clase, pero ella y yo somos las únicas que tenemos los mismos gustos. Si existiera un libro de reglas para ser mejores amigas, estoy segura de que tener los mismos gustos estaría fácilmente entre las 10 primeras. Es parte esencial de la amistad.

Por suerte, comienzo a sentirme mejor en cuanto llego a mi clase y veo a la Sra. Bell parada frente a la pizarra. Lleva ropa con lunares otra vez.

—Me encantan los lunares —nos dijo el primer día de clase.

Y eso me hizo feliz. A mí también me gustan mucho.

Voy a mi asiento mientras la Sra. Bell comienza a escribir en la pizarra lo que haremos durante el día. En letra cursiva perfecta, escribe:

1. Visita a la biblioteca
2. Lectura independiente
3. Almuerzo
4. Cuentos
5. Ciencia

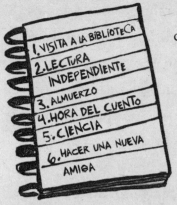

1. VISITA A LA BIBLIOTECA
2. LECTURA INDEPENDIENTE
3. ALMUERZO
4. HORA DEL CUENTO
5. CIENCIA
6. HACER UNA NUEVA AMIGA

Copio el programa del día en mi cuaderno. Luego, añado una sexta actividad a mi horario: "Hacer una nueva amiga", y dibujo una carita feliz al lado. Hoy va a ser un buen día.

—Sra. Bell, ¿va a leer de nuevo *¡Socorro! Soy un prisionero en la biblioteca* después del almuerzo? —pregunta Chris Pollard, uno de los chicos más escandalosos de nuestro salón y el mejor amigo de Ben Shaw, el payaso de la clase.

—Me parece una buena idea, ya que vamos a la biblioteca esta mañana, ¿no les parece? —dice la Sra. Bell, acomodándose las gafas.

Escucharla decir eso me hace feliz. A pesar de que todos sabemos leer bien, la Sra. Bell nos lee en voz alta durante la hora del cuento. Solo lee un capítulo de un libro, pero es como ver una obra de teatro. Cierro los ojos para recordar las voces que la Sra. Bell hace para representar cada personaje.

De repente, suena el timbre y abro los ojos. El salón de clases está lleno. El único asiento vacío es el de la chica nueva (también conocida como mi nueva amiga). Apuesto a que ella también tendrá muy buen gusto, incluso mejor que el de Anna.

NUEVA AMIGA

Capítulo cuatro

La Sra. Morales nos espera en la
puerta de la biblioteca para recibirnos uno por uno.
Lleva puesto su collar largo de perlas y un suéter
anaranjado. En su brazo izquierdo carga a Lucy, un
ganso de peluche que todos hacen graznar cuando
se marchan de la biblioteca.

—¡Hola, Stella! —dice la Sra. Morales.

—¡Buenos días, Sra. Morales! —susurro.

La Sra. Morales ha sido nuestra bibliotecaria
desde preescolar. Lo que más me gusta de ella, aparte
de que habla español, es que es muy inteligente y le
encanta hablarnos de libros. A inicios del curso,
cuando comencé a interesarme por los peces, me
mostró todos los libros sobre Jacques Cousteau, un

famoso explorador del océano, que había en la biblioteca. Ahora me encanta leer sobre él.

—¡Bienvenidos! —dice la Sra. Morales en voz baja en cuanto nos sentamos frente a las computadoras.

La Sra. Morales es una persona muy entusiasta, un poco diferente a otros bibliotecarios. Creo que la mayoría de los bibliotecarios no tienen mechones color púrpura en el pelo.

En lugar de devolverle el saludo con un "¡Hola!", agitamos las manos en el aire. La Sra. Morales dice que una de las normas de etiqueta de la biblioteca es hacer silencio o hablar en voz baja.

La Sra. Morales también nos devuelve el saludo.

—Escuché que están buscando libros para su lectura independiente —dice—. Recuerdan cómo usar el catálogo, ¿verdad? Simplemente, encuentren el número decimal Dewey, escríbanlo y busquen el libro en el estante. Si tienen alguna pregunta, ¡aquí estoy!

El sistema de clasificación decimal Dewey se usa para organizar los libros en la biblioteca. Si fuera por mí, los organizaría por colores, como mis lápices de dibujar, o por tamaño, como mis libros en casa. Pero el sistema Dewey es muy útil en la biblioteca. Enseguida encuentro el libro perfecto.

Tomo el libro y voy hasta una mesa grande. Las imágenes son preciosas. Quiero doblar las esquinas de las páginas, pero solo hago eso con mis propios libros. La Sra. Bell se me acerca.

—¿Qué libro estás le- 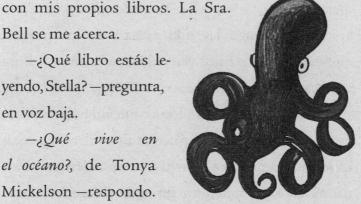 yendo, Stella? —pregunta, en voz baja.

—¿*Qué vive en el océano?*, de Tonya Mickelson —respondo.

—¡Suena fascinante!

—Lo es. ¿Sabía que el pulpo no tiene huesos y tiene tres corazones? Tendré que dibujar uno más tarde. Me parece increíble —digo.

—Escuché que un pulpo llamado Paul se hizo famoso por predecir muchos de los ganadores del Mundial de Fútbol —dice la Sra. Morales.

—¿Qué? —pregunto, confundida.

La Sra. Bell se ríe y me pide con un gesto que baje la voz. Cuando me emociono, subo el tono de voz sin darme cuenta.

—Es posible que haya tiempo para dibujar después de la biblioteca —susurra la Sra. Bell antes de alejarse.

Sonrío y sigo leyendo acerca de los pulpos. Aprendo que son unos verdaderos artistas a la hora de escapar. Para huir de sus enemigos, sueltan una nube de tinta negra que los ayuda a desaparecer. Y, como no tienen huesos, pueden esconderse en cualquier hueco o grieta. ¡Incluso, se pueden meter en un agujero de solo una pulgada de ancho! Sería genial poder hacer lo mismo.

Cuando llega la hora de regresar al salón, todos nos despedimos de la Sra. Morales y de Lucy.

—¡Adiós, Sra. Morales! ¡Adiós, Lucy! —digo, dándole un apretón al ganso de peluche.

Debo admitir que, aunque estoy en tercer grado y ya soy grande, todavía me parece divertido hacer eso.

Lucy grazna y la Sra. Morales y yo sonreímos.

—¡Hasta luego, Stella! —dice la Sra. Morales.

Cuando regresamos al salón, todos comienzan a conversar sobre libros, menos yo, que empiezo a dibujar un pulpo. Estoy a medio terminar, asegurándome de que los ocho brazos del pulpo son del mismo tamaño, cuando escucho que alguien toca a la puerta. Levanto la cabeza y veo a la Sra. Green, que trabaja en la oficina. La Sra. Bell se le acerca y le dice algo.

—Debe ser sobre el estudiante nuevo —le dice Ben Shaw a Chris Pollard.

Suelto los lápices de colores. Estaba tan emocionada dibujando, que había olvidado al nuevo estudiante. Entonces, ¡veo que junto a la Sra. Green está un chico! Y tiene el pelo rubio. No puedo creerlo. Esto es muy diferente a lo que imaginé.

—Chicos, aquí está el nuevo estudiante —dice la Sra. Bell—. ¿Te gustaría presentarte? —añade.

—¡Hola! Me llamo Stanley Mason y me acabo de mudar desde Dallas, Texas, o Tejas, como se dice en español —dice el nuevo estudiante.

—¡Tejas! Eso está muy lejos de aquí. ¿Alguien ha estado en Texas? —pregunta la Sra. Bell.

Algunos de mis compañeros levantan la mano. Estuve en Texas el año pasado con mi familia,

cuando hicimos un viaje por carretera. Fuimos a visitar El Álamo e incluso entramos a una cueva donde nos tomamos una foto junto a la escultura de un dinosaurio llamado Grendel. Pero soy demasiado tímida para hablar en clase. Además, El Álamo no está en Dallas. Stanley probablemente ni siquiera lo ha visto. De todas formas, aunque no fuera tímida, no podría hablar. Me he quedado sin palabras. ¡Al parecer, Stanley habla español! Aunque no tiene tipo de saber español. El estudiante que me había imaginado tenía el pelo castaño como yo, no rubio. Y era una chica, no un chico.

—Ahora, preséntense cada uno de ustedes —nos dice la Sra. Bell.

Uno a uno, mis compañeros de clase se ponen de pie. Hay unos diez delante de mí, y siento que sudo del nerviosismo. Quiero desesperadamente tener un nuevo amigo, aunque sea un chico. ¿Qué importa si no es la chica que me había imaginado? Stanley habla español como yo y, lo más importante, es nuevo. Necesita un amigo tanto como yo... y yo podría ser su primera amiga en esta escuela.

Cuando llega mi turno, me pongo de pie. Siento que me estoy sonrojando y me paralizo. Acabo de leer que algunos pulpos pueden paralizar a su presa. Quizás Stanley tiene algo de pulpo. Aunque eso es difícil de creer. Parece un chico normal, con pecas, ojos azules y una linda camisa con un mono estampado. Me doy cuenta de que llevo un rato mirándolo fijamente.

—Eh... Stella —digo, y aparto la vista—. Lo siento, quiero decir que me llamo Stella —aclaro y me vuelvo a sentar.

Estoy a punto de soltar un gemido, avergonzada, cuando siento que mi silla comienza a inclinarse hacia atrás. Abro los ojos tan grandes como un elefante y todo sucede en cámara lenta. Intento sujetarme del escritorio, pero es demasiado tarde.

¡Pum!

Antes de que me dé cuenta, mis pies están en el aire y mi espalda, en el suelo. Me he caído delante de Stanley, ¡delante de todos! Cierro los ojos al escuchar las risas a mi alrededor.

Me miro los brazos y las piernas. No me duele nada. Pienso quedarme en el suelo, pero decido gatear y asomarme por detrás del escritorio.

—¿Estás bien, Stella? —pregunta la Sra. Bell.

Ella es la única que no se ríe.

—Sí —susurro.

Miro a Stanley. Parece que quiere reírse también, pero está conteniendo las ganas.

"Adiós, mi nuevo amigo", pienso. "¿Quién querría ser amigo de una chica tan torpe como yo?".

Levanto la silla y me siento. Además de caerme,

me presenté en español, en lugar de en inglés. La vergüenza que siento es doble.

Miro fijamente mi dibujo y quisiera escapar por un pequeño agujero o desaparecer dentro de una nube de tinta. Hoy, definitivamente, me gustaría ser un pulpo.

Capítulo cinco

—**¿Quieres una galleta? Tiene choco-**lates adentro. ¿Te gustan los M&M?

Estoy dibujando criaturas marinas durante la clase, pero me detengo para pensar en la pregunta.

"Mmmm... Me encantan los M&M", pienso. Levanto la vista y suelto el lápiz rosado.

Es Stanley.

Stanley Mason.

Tiene en la mano una caja llena de galletas. Han pasado varias semanas y he logrado evitar hablar con él desde que me caí el día que llegó a la escuela. Me he sentido demasiado

avergonzada. Aun así, es de mala educación recha-
zar una galleta, así que le digo que sí con la cabeza
y tomo una. La mano me tiembla cuando me llevo
la galleta a la boca.

—Mi mamá las hizo por mi cumpleaños —dice
Stanley con una sonrisa.

Me doy cuenta de que tiene un espacio entre los
dientes delanteros.

—Ah... Feliz cumpleaños —murmuro.

Mientras me como la galleta, noto que varias migajas y un poco de saliva han caído sobre mi blusa. Me cubro la boca.

—Gracias, Stella. ¿Qué estás dibujando? —pregunta Stanley.

Niego con la cabeza. Con la mano que tengo libre volteo el papel. Estaba tratando de dibujar un pez borrón, pero parece una mancha rosada. No va a ser este el primer dibujo mío que Stanley vea. Solo dejo que la gente vea mis dibujos cuando están terminados.

—Oh, está bien —dice Stanley frunciendo el ceño.

Me sorprendo. ¿Y a él qué le importa? No es que quiera ser amigo de una chica torpe como yo.

—Gracias por la galleta —digo con la mano sobre la boca, sintiendo un poco de pena por pensar mal de Stanley.

El chico cambia la cara y se ve feliz. Abre la boca

como si fuera a decir algo más pero, afortunadamente, la Sra. Bell le toma la delantera.

—A sentarse —dice.

—Stanley, siéntate con nosotros —dice Jessica Anderson.

Ben Shaw y Chris Pollard lo saludan con la mano. Stanley va y se sienta a su lado, y me quedo boquiabierta. ¡Han pasado solo un par de semanas desde que llegó y ya está adaptado! No lo comprendo. Tampoco he visto a Stanley triste ni asustado. ¡Ni siquiera por un segundo! Si yo me hubiera mudado a una nueva ciudad y a una nueva escuela, estaría aterrorizada.

—En breve, vamos a darle una sorpresa a Don. Todos conocen a Don, ¿verdad? —dice la Sra. Bell.

—¡Don es genial! —dice Ben Shaw.

Todos están de acuerdo. Don, el conserje de la escuela, se la pasa cantando canciones de los Beach Boys mientras limpia. También interpreta a los personajes más locos en las obras de teatro de la escuela. Hasta fue Santa Claus en el musical de Navidad.

—Don acaba de convertirse en ciudadano

estadounidense, ¡lo que es muy difícil! Hay que pasar un examen, además de esperar muchos años —explica la Sra. Bell.

—¿Y qué era antes? —pregunta Jessica Anderson.

La Sra. Bell se acerca a la pizarra y escribe un montón de palabras que nunca antes había visto o escuchado. En letras grandes, veo "visa", "*alien*", "residente" y "ciudadano".

—Muy buena pregunta. Hay varias categorías. Algunas personas solo vienen a los Estados Unidos de visita, así que se les da un papel llamado visa que les permite quedarse en el país por algún tiempo —dice la Sra. Bell.

—¿La visa no sirve para comprar cosas? —pregunta Jessica.

Cruzo la mirada con ella por un segundo, pero luego miro hacia otro lado. Aunque hemos estado en la misma clase desde primer grado, Jessica me pone nerviosa. A todo el mundo le cae bien, pero creo que a veces puede ser antipática, como cuando se rio de mí el primer día de clases por pronunciar mal algunas palabras. En otra ocasión, en primer grado, dijo que yo tenía piojos. Todos le creyeron, menos Jenny. El maestro hasta me mandó a ver a la enfermera de la escuela. Y, por supuesto, no tenía piojos. Después, Jessica me pidió disculpas, pero nunca le creí del todo.

La Sra. Bell se ríe.

—Sí, así es, pero esa es una visa diferente. Por ejemplo, las personas que vienen a este país a estudiar en una universidad obtienen una visa de estudiante, y así pueden quedarse aquí mientras estudian. También hay residentes o *aliens* legales. Esas personas tienen una tarjeta verde. Pueden quedarse aquí todo el tiempo que quieran, pero no tienen tantos derechos como los ciudadanos estadounidenses.

Me quedo de una pieza. Yo tengo una tarjeta verde. Lo sé porque mi mamá me la mostró cuando la recibimos por correo. Recuerdo que me llamó la atención que no fuera verde. No sé demasiado sobre cómo la obtuvimos, pero sé que mi mamá estaba muy preocupada por ese asunto. También recuerdo que tuvimos que hacer una fila larguísima. El único momento divertido fue cuando nos tomaron las huellas dactilares. Ah, y cuando nos tiraron un montón de fotos. Pero, por tener esa tarjeta verde, ¿soy un *alien*?

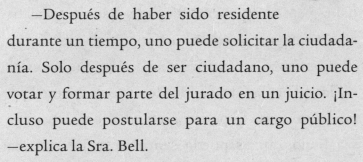

—Después de haber sido residente durante un tiempo, uno puede solicitar la ciudadanía. Solo después de ser ciudadano, uno puede votar y formar parte del jurado en un juicio. ¡Incluso puede postularse para un cargo público! —explica la Sra. Bell.

—¿Qué pasa si naciste aquí? —pregunta Michelle.

—Entonces ya eres ciudadano. Un ciudadano natural —responde la Sra. Bell.

Vuelvo a tragar en seco. Eso lo explica todo. ¡Soy un *alien*!

—Como Don trabaja tanto en esta escuela, ¡vamos a sorprenderlo con una ceremonia en la cafetería! —continúa la Sra. Bell—. Iremos en silencio y nos sentaremos en la oscuridad hasta que él llegue. Luego, encenderemos las luces, nos pondremos de pie y cantaremos el Himno Nacional. No se preocupen, habrá un proyector que mostrará la letra del himno para los que no se la saben. Si todos lo hacen bien, es posible que comamos pastel.

Todos gritan alborotados, menos yo. Siempre había pensado que era diferente, que no encajaba en ningún grupo. Pero ahora es oficial.

Comienzo a recordar a los *aliens* que he visto en las películas, tratando de encontrar uno que no sea tan raro. Si pudiera imaginar a un *alien* que sea lindo, quizás pueda sentirme mejor con esa palabra. En cambio, mientras nos dirigimos a la cafetería, en lo único que pienso es en *aliens* escamosos, espeluznantes y letales, de los que huyen las personas.

Al llegar a la cafetería, veo que la orquesta de la escuela está en el escenario. También hay carteles que dicen "¡Bien hecho!" y "¡Felicidades!".

Como toda la escuela está allí, puedo sentarme al lado de Jenny. Me siento más tranquila en cuanto la veo... pero no está sola. Está junto a una chica con un flequillo que le cubre la frente y unas

gafas rojas. Siento que el corazón se me estruja un poco. Quiero contarle a Jenny la mala noticia de que soy una *alien*, pero no puedo. No, delante de esa chica.

—Stella, te presento a Anna —dice Jenny.

—Hola, Stella —dice Anna, y me saluda con la mano.

Le devuelvo el saludo.

—¿Ustedes sabían de esta ceremonia? —susurro.

—¿Qué fue lo que dijo? —le pregunta Anna a Jenny.

—Que si nosotras sabíamos de esta ceremonia —dice mi amiga.

Jenny siempre entiende lo que digo. Ha sido así desde que nos hicimos amigas en primer grado. Nunca he tenido que repetirle nada ni una sola vez.

Ambas se voltean hacia mí y asienten. Luego se hace un largo silencio. Hay tantas cosas que quiero decirle a Jenny, pero no puedo. Aunque Anna no estuviera allí, sería demasiado vergonzoso decir lo que siento en voz alta.

En ese momento, pasa la enfermera de la escuela.

—Aquí tienen, chicas —dice, y nos da unas banderitas.

Un minuto después, las luces de la cafetería se apagan. Todo el mundo se ríe con nerviosismo y los maestros nos mandan a callar. Esperamos en silencio. Finalmente, escuchamos que Don entra.

—¿Qué pasa? —pregunta.

Las luces se encienden y nos ponemos de pie para cantar. Mientras cantamos, no puedo evitar sentirme un poco rara, como si yo no debiera hacerlo.

No sería una *alien* si todavía viviera en México. Allí sería una ciudadana natural.

—Gracias. Me han conmovido —dice Don en cuanto termina el himno—. Salí de Filipinas en busca de una vida mejor en Estados Unidos. Me siento honrado de ser estadounidense.

Don se ve feliz y hasta le salen un par de lágrimas. Supongo que es porque ya no es un *alien*.

Todos aplauden inmediatamente, menos yo. Me toma un segundo. Pero sé que no estaría bien no aplaudir, así que lo hago. Aunque puede que me sienta mal, estoy contenta por Don. Mientras aplaudimos, comienzo a preguntarme si, de ser ciudadana estadounidense, me sentiría más normal y tan feliz como Don. Ese pensamiento me da un poco de esperanza, y el pastel que la Sra. Bell prometió para después de la ceremonia también ayuda.

Capítulo seis

Una vez a la semana, salgo de mi clase regular para asistir a la clase de dicción. Allí me enseñan a hablar correctamente, es decir, a pronunciar bien las palabras. Al menos, eso es lo que dice la maestra, la Sra. Thompson.

—¡Buenos días, Stella! —dice cuando me ve entrar.

La Sra. Thompson está sentada en un escritorio en forma de frijol, en un salón pequeño. Como de costumbre, está vestida como si fuera profesora de ballet, con una camiseta negra de cuello de tortuga y con su pelo rojo recogido en un moño.

—Buenos días, Sra. Thompson —digo, sentándome frente a ella.

—¿Cómo está tu papá?

—Bien —digo, cabizbaja y tamborileando con los dedos sobre la mesa.

Cuando la Sra. Thompson comenzó a ayudarme, venía a nuestro apartamento para darme clases después de la escuela. Yo estaba en preescolar. Mi papá se quedaba en casa durante la clase porque mi mamá trabajaba. La Sra. Thompson se llevaba muy bien con mi papá. Él es muy agradable y siempre hace reír a la gente, aunque a veces no se le pueda entender bien lo que dice en inglés. Mi papá lo habla peor que yo. Hasta habló con la Sra. Thompson sobre tomar clases de dicción para mejorar la pronunciación, pero eso nunca sucedió.

En aquel entonces, mis padres acababan de divorciarse y mi papá todavía vivía en Chicago. Tenía un trabajo a medio tiempo en la tienda de karaoke de un amigo. Cuando le pregunté qué hacía allí, me dijo que llevaba el inventario de las máquinas que vendían. No sé lo que eso significa, pero sí sé que cuando no había *absolutamente* nadie más en la tienda, yo cantaba mientras él estaba en la computadora. Sin embargo, ese trabajo no le duró mucho tiempo. Mi papá nunca ha tenido mucha suerte con los trabajos. Vivía en un apartamento muy pequeño. ¡Era del tamaño de mi habitación con una cocina!

—¿Todavía está en Colorado? —pregunta la Sra. Thompson.

—Sí —digo, llevándome las manos a las mejillas. Las siento calientes.

Hace tres años, el hermano de mi papá, mi tío Carlos, le ofreció trabajo en su tienda, en Colorado. Ahora mi papá vive en su propia casa y va a esquiar casi todos los días durante el invierno. Lo sé porque me envía fotos que toma con su cámara profesional.

—¿Y vendrá de visita durante las vacaciones? —pregunta la maestra.

Niego con la cabeza.

—¡Qué pena! Sería tan bueno que se vieran —dice.

Suspiro. Nunca le digo lo que realmente pienso, que no quiero que mis padres vuelvan a estar juntos y que realmente no echo de menos a mi papá. Sonaría cruel. Pero, ¿por qué debería sentirme diferente? Lo único que hacían mis padres era discutir "cosas de adultos". No sé de qué trataban esas "cosas de adultos", pero lo que sí sé es que entristecían a mi mamá, y eso no era bueno. Nick me ha dicho que me lo explicará cuando sea mayor.

La verdad es que no echo de menos a mi papá porque nunca cumple sus promesas. Cuando todavía vivía en Chicago, prometió enseñarme a montar bicicleta, pero nunca lo hizo. También se olvidaba de recogernos a Nick y a mí en la escuela la mitad de las veces, especialmente cuando tenía novia. Y caminar a casa con nieve y cargando una mochila pesada no es divertido. En mi cumpleaños, solo recibo cosas que le dan gratis en la tienda de mi tío. Si le pido algo, aunque sea un libro, nunca me llega.

—Sí —digo, esperando que una respuesta corta termine la conversación.

Me gustaría que la Sra. Thompson dejara de hacer tantas preguntas.

En ese preciso momento, los otros estudiantes, Janelle y Roman, entran al salón. Finalmente, puedo relajarme. Garabateo remolinos en una página de mi cuaderno mientras la maestra les pregunta a los otros chicos cómo están. Roman habla un rato. Está muy emocionado porque irá con su familia a Rusia en las vacaciones. Roman siempre quiere hablar, ya que acaba de graduarse de las clases de inglés como segundo idioma.

Comenzamos la clase como lo hacemos normalmente, ejercitando los músculos de la boca. Nos llenamos de aire las mejillas como un pez globo y luego respiramos profundamente. Eso es para asegurarnos de que estamos hablando desde el estómago.

Desde el primer día, la Sra. Thompson me ha ayudado a pronunciar mejor usando unas tarjetas con imágenes de payasos, abejas y otras cosas.

Recuerdo que le tomó un buen tiempo lograr que pronunciara ciertas palabras de manera diferente.

Luego, repasamos el abecedario, lo cual no es tan difícil, aunque hay un par de letras que me dan más trabajo.

—Por si acaso —dice ella.

Me va bien, excepto con la V y la B. Han pasado tres años y todavía no piensa que las pronuncio bien.

A pesar de lo fastidiosa que puede ser, a veces la clase de dicción me sirve de escape. Puedo salir de mi salón y estar en uno más pequeño y tranquilo con apenas otros dos niños. Sobre todo, ahora que en mi otra clase está Stanley. El otro día me preguntó qué hora era y me puse tan nerviosa que se me cayó el cubo de lápices de colores al piso.

Después del abecedario, practicamos palabras largas.

—Stella, ¿puedes decir "refrigerador"? —pregunta la Sra. Thompson.

—Refrigerador —digo, mirando fijamente a la maestra.

—¡Bien, Stella! ¿Qué tal un poco más fuerte la próxima vez?

Me quejo. La gente siempre me dice que hable más alto. Nunca puedo entender por qué. A mí me parece que hablo como debe ser.

—Janelle, ¿puedes decir "refrigerador"? —pregunta la Sra. Thompson.

Janelle dice una palabra que no conozco.

Al menos, sueno mejor que ella, creo yo. Entonces, me siento un poco mal de pensar así. Muchos chicos de la escuela se burlan de Janelle. Como cecea, es difícil entender lo que dice. Suena como si estuviera comiéndose un sándwich de mantequilla de maní. A pesar de todo, Janelle es muy sociable y

amable. Siempre trato de ser agradable con ella en esta clase e intento saludarla durante el recreo.

Miro el reloj de la pared. Solo quedan treinta minutos. Perfecto. Hoy tengo ganas de regresar a mi salón para la clase de matemáticas. Vamos a jugar a ver quién puede sumar, restar y multiplicar más rápido. Soy muy buena en eso, y es la única vez que me gusta que la Sra. Bell me pida participar en frente de todos.

Siempre que puedo, me encanta demostrar que soy inteligente. Además, los números son fáciles de decir, no como las letras. Cada vez que escucho a alguien deletrear una palabra en voz alta, se me entumece el cerebro. Es como si redujera la velocidad como una bicicleta oxidada. No me gusta que la gente piense que soy estúpida. Lo detesto.

Después de practicar otras palabras largas como "acondicionador" y "computadora", la Sra. Thompson nos envía de regreso a nuestras respectivas clases.

—Antes de que se vayan, les tengo un pequeño premio por trabajar tan duro —dice.

Nos regala calcomanías cuando nos esforzamos. A veces, si lo hacemos muy bien, nos da de esas que se pueden frotar y oler. De hecho, tengo una carpeta llena de este tipo de calcomanías en casa. Cuando miro o pienso en esa carpeta, siento que el esfuerzo no ha sido en vano. Cada calcomanía muestra cuánto ha mejorado mi dicción, y todo gracias a la Sra. Thompson.

Hoy me regala dos calcomanías de frotar y oler para mi colección: una de fresa y otra de uva.

—Gracias —digo, mirándola a los ojos.

—De nada, cariño —responde.

Huelo las calcomanías cuando salgo de la clase de dicción y corro de regreso a mi salón. Encuentro a la Sra. Bell parada frente a la clase. Mis compañeros están sentados en asientos diferentes. A la Sra. Bell le gusta que cambiemos de asiento cuando jugamos a las matemáticas; así podemos competir con diferentes estudiantes.

—¡Justo a tiempo, Stella! Estamos a punto de comenzar —dice, y señala una silla vacía—. ¿Por qué no te sientas en la mesa con Jessica Anderson y Ben Shaw?

Me acerco a la mesa e intento sentarme, pero Jessica no se mueve. Me aclaro la garganta, con la esperanza de que ella capte la indirecta. Quiero decirle algo, pero tengo miedo de que me responda algo desagradable. Ben, finalmente, se hace a un lado para que me siente. Me cae bien Ben. Le gusta hacer reír a los demás.

La Sra. Bell mira a Stanley.

—Stanley, esta es tu primera vez. Solo trata de hacerlo lo mejor posible. Los demás, ya conocen el juego —dice.

—Sí, Sra. Bell —contesta Stanley muy formal.

La Sra. Bell se ríe.

—Qué educado eres, Stanley.

Del cuello de la Sra. Bell cuelga un silbato dorado que ella sopla para empezar cada ronda de ejercicios. Primero lee una tarjeta con un problema de matemáticas. La Sra. Bell dice que estamos jugando al estilo concurso de ortografía. Tendré que confiar en su palabra porque nunca he participado en un concurso de ortografía. El estudiante que responda correctamente pasa a la siguiente ronda hasta que solo queden dos jugadores. Al principio, las preguntas son muy fáciles, como dos más dos son cuatro, pero después se vuelven más difíciles.

—¿Listos? —dice la Sra. Bell y sopla el silbato.

Algunos chicos quedan eliminados de inmediato, pero yo respondo todas las preguntas correctamente y, antes de darme cuenta, estoy en la última ronda junto con Michelle y Stanley. No lo puedo creer. Michelle siempre ha sido buena en matemáticas pero, ¿Stanley? No esperaba que fuera tan bueno. Cuando eliminan a Michelle, empiezo a sentirme un poco nerviosa. Ahora solo quedamos Stanley Mason y yo en la última ronda. Por supuesto, todos animan al chico nuevo.

—¡Vamos, Stanley! —grita Jessica.

La Sra. Bell agarra la última tarjeta y pregunta si estamos listos. Digo que sí con la cabeza.

$$7 \times 4$$

"Concéntrate", me digo a mí misma.

—¡Estoy listo! —dice Stanley y sonríe.

Me sonrojo otra vez y miro a la Sra. Bell, que voltea la tarjeta. Es cuatro por siete.

"Veintiocho", pienso, pero no puedo decirlo.

Intento pronunciar las palabras, pero tengo la boca seca. Incluso, trato de inflar las mejillas, como hacemos en la clase de dicción, ¡pero nada funciona! Solo siento la boca cada vez más reseca.

Entonces, escucho a Stanley.

—¡Veintiocho! —dice.

—¡Correcto! ¡Tú eres el ganador, Stanley! —anuncia la Sra. Bell.

—¡Así se hace, Stanley! —gritan mis compañeros de clase.

Solo atino a cubrirme la cara con las manos. He fallado. Ni siquiera pude decir los números.

Capítulo siete

Nick ha comenzado a practicar baloncesto por las mañanas, así que ahora mi mamá me lleva a la escuela. Extraño caminar con mi hermano, pero me encanta viajar en el auto con mi mamá. Ella siempre pone salsa y hasta bailamos un poco antes de llegar a la escuela.

—¡Que tengas un buen día! —me dice mi mamá mientras me alcanza la mochila y me da un beso.

—Tú también. ¡Que tengas un día maravilloso! —le respondo.

Antes de salir del auto, mi mamá me abraza con fuerza y, al entrar a la escuela, aún puedo oler su perfume. Eso me hace sentir a gusto y a salvo. Es como si me hubiera puesto su ropa recién lavada y su perfume de lavanda, como si yo fuera una mujer elegante. Entonces veo a Stanley con el rabillo del ojo. Inmediatamente, comienzo a sonrojarme. Acelero el paso hacia la puerta principal pero, al parecer, Stanley también camina rápido. Así que hago lo único que se me ocurre: me meto en la oficina de la escuela.

—¿Necesitas algo, Stella? —pregunta la Sra. Green, arqueando una ceja detrás de la recepción.

—No, nada. Solo quería saludarla —digo, y sonrío mientras miro por la ventana de la oficina.

—Oh, qué dulce. Buenos días —responde la Sra. Green y mete la mano en un frasco—. Toma un caramelo, Stella.

—¡Gracias! —digo, y tomo un caramelo de cereza.

Miro otra vez por la ventana. Está despejado, así que me despido. Afortunadamente, comenzamos la clase con lectura independiente. Eso significa que puedo esconderme de Stanley y de todos los demás detrás de un libro. Me siento más mortificada de lo habitual. Estoy acostumbrada a que el resto de la clase piense que soy rara, pero por la forma en que he estado actuando últimamente Stanley debe pensar que soy rarísima.

Tomo un pequeño descanso de los peces para leer otra biografía de Jacques Cousteau. Por más interesante que sea el Sr. Cousteau, y créanme que lo es (¡inventó el equipo de inmersión; o sea, los aparatos respiratorios portátiles que usan los buzos!), sigo pensando en Stanley. Solo un poco. ¡Simplemente no sé qué decirle a alguien que es el mejor en todo! Es un buen corredor. Puede balancear una cuchara en su nariz durante el almuerzo. Toca la batería en la clase de música. Es nuevo, y ya tiene un montón de amigos. Yo, que siempre he venido a esta escuela, tengo una sola amiga... ¡y ni siquiera está en mi clase! Es como si Stanley tuviera superpoderes, usara magia o simplemente tuviera mucha suerte. Sea lo que sea, desearía poder robarle un poco, así todo sería mucho más fácil.

Por suerte, no tengo tiempo para pensar demasiado porque después de la lectura independiente nos dirigimos a la clase de gimnasia con el entrenador Smith, quien anuncia que jugaremos *kickball*.

—Los chicos contra las chicas —dice muy alto.

La voz del entrenador es proporcional con su tamaño, y él es la persona más alta que conozco. Cuando estaba en preescolar, lo único que veía eran sus rodillas pecosas cuando me sentaba en el suelo del gimnasio con las piernas cruzadas.

—¡Vamos! ¡Vamos! —dice el entrenador dando palmadas con sus manos gigantes.

La clase se divide, los chicos en un lado y las chicas en el otro. Las chicas deciden que Michelle debe ser la capitana del equipo. Todo el mundo sabe que será la mejor porque practica deportes después de la escuela. Entonces, decidimos en qué orden entraremos a jugar.

—Stella es muy buena corredora. Debería ir primero —dice Michelle.

Es verdad. En cada clase de gimnasia, damos vueltas corriendo alrededor del gimnasio. El entrenador Smith siempre pone música divertida para correr. Cuando Jenny y yo estábamos en la misma clase, solíamos cantar mientras corríamos, lo que nos hacía perder velocidad. Ahora que Jenny está en una clase distinta, corro en silencio. Resulta que puedo correr más rápido que la mayoría de las chicas y que un par de chicos.

Asiento y le sonrío a Michelle.

Me parece que, si al menos sonrío, la gente pensará que soy agradable y así no tengo que hablar. Al comenzar el juego, estoy entusiasmada con la idea de correr hasta la base, pero en eso veo a Stanley. Es

el lanzador del equipo masculino. Me congelo y fallo cuando Stanley me lanza la pelota.

Las chicas protestan.

—¡Dale, Stella! —grita Michelle.

—¡Stella está en las estrellas! ¡Stella está en las estrellas! —grita Jessica Anderson.

Los demás comienzan a corear también. Después de fallar tres veces, me siento sola en el césped. Desearía encontrar unas palabras mágicas que detuvieran a todos.

Cuando volvemos al salón, voy a mi escritorio y bajo la cabeza. Es casi la hora del almuerzo. Al menos, será un descanso en este día difícil.

—Chicos, antes de ir a almorzar —dice la Sra. Bell—, quiero hablarles del nuevo proyecto sobre animales que deben hacer. Puede ser sobre su mascota o cualquier otro animal que quieran investigar. Solo me gustaría que fuese un animal que les guste mucho porque trabajaremos en este proyecto hasta la primavera.

Levanto la cabeza. ¡Sé exactamente sobre qué animal voy a investigar!

—Podemos continuar hablando después del almuerzo, aquí tienen más información —añade la Sra. Bell.

Mientras camina alrededor del salón para repartir los papeles, todos empiezan a comentar sus ideas.

—Voy a hacerlo sobre los osos —dice Ben—. Ya sabes, ¡por los ositos del circo!

—Lo haré sobre pájaros —dice Lauren, y me sonríe.

Lauren es tranquila como yo. A veces, hablamos de los libros de Nancy Drew.

—¿De qué vas a hacerlo, Stella? —pregunta Jessica Anderson, moviendo su cola de caballo de un lado a otro.

—Sobre los peces... —respondo, nerviosa.

—Tiene sentido —susurra—. Los peces no hablan. Solo miran.

Suelto un suspiro y me cubro la cara. ¿Podría empeorar el día?

Estoy feliz de ver a Jenny en el almuerzo. También me alegra ver que está sola y no con Anna. Necesito a mi mejor amiga, especialmente en un día como hoy. Cada una trae su almuerzo de casa, así que nos sentamos juntas de una vez.

Le cuento lo que sucedió durante el *kickball*.

—Jessica Anderson dijo que nunca hablo y que siempre estoy en las estrellas y todos comenzaron a repetirlo —digo.

—Pero hablas mucho conmigo —dice Jenny, dándole un mordisco a su sándwich vietnamita.

Los sándwiches vietnamitas son deliciosos. Se hacen con panecillos franceses suaves y se rellenan con verduras, tofu o carne y mayonesa. A veces, Jenny me trae uno para el almuerzo.

—¡Lo sé! —digo, y le brindo jícama.

La jícama es una mezcla de papa y sandía, no muy dulce. Para comerla, le echamos un poco de jugo de limón y le ponemos un polvo dulzón picante llamado picosito.

Jenny agarra un palito de jícama y le da una mordidita. A ella le gusta ver cuántos mordiscos puede darle a un palito de zanahoria y otros alimentos. Llega hasta treinta y siete mordiscos en una zanahoria y cincuenta y dos en una galleta salada.

—Tal vez podamos escribir una lista de las cosas que puedes decir —sugiere Jenny después de darle otra pequeña mordida al palito de jícama.

—Como "me alegro de que haya salido el sol" o "qué ropa tan bonita llevas" —digo—. Mi mamá dice que a todos les gusta escuchar cumplidos.

—¡Cierto! Podemos trabajar en esa lista durante el recreo. Aquí tengo mi diario —dice Jenny.

Su diario tiene un tigre blanco, grande y brillante en la portada. Si Jenny todavía estuviera en mi clase, habría hecho el proyecto de animales sobre los tigres. Pero el proyecto de su clase es sobre los diferentes países del mundo. Por supuesto, ella eligió Vietnam. Jenny fue a Vietnam el verano pasado a ver a su familia. Me trajo unos palitos chinos y unas zapatillas. Le prometí que la próxima vez que fuera a México le traería algo especial, quizás un alebrije, esas pequeñas esculturas de animales imaginarios. Los alebrijes son hermosos. Tienen formas diferentes y muchos colores.

Durante el recreo, hacemos una lista de cosas que podría decir para entablar o mantener una conversación.

—Jenny, no sé si esto funcionará... —le digo a mi amiga, dudosa.

—¿Por qué no? —dice Jenny. Luego se levanta y se lleva un dedo a la sien. Se le ha ocurrido una idea. Alza los brazos en el aire y agita las manos—. ¡Ya sé! ¡Puedes usar el poder de la deducción!

—Dedu... ¿qué? —digo. Ni siquiera puedo decir la palabra. Tiene demasiadas letras.

—Deducción. Es algo que usa Sherlock Holmes. De todos modos, solo se trata de hacerles preguntas a las personas. Puedes preguntarles sobre cómo les va o lo que están haciendo.

Entonces las conocerás mejor y te será más fácil hablar con ellas —añade Jenny.

—Quizás —digo. Suena más simple decirlo que hacerlo.

—Anda... ¡Vamos a los columpios! —dice Jenny, y me agarra de la mano.

Nos sentamos en los columpios y nos mecemos muy alto. Después, Jenny se cuelga de cabeza de las barras mientras yo la miro, sentada sobre ellas. Jenny es muy valiente y puede dar volteretas. Yo siempre tengo miedo de caerme. Mi amiga se ve graciosísima con su pelo negro lacio colgando hacia abajo.

—Vamos, practiquemos. Hazme algunas preguntas —dice Jenny, incorporándose.

Se me pone la mente en blanco, así que pregunto algo fácil.

—¿Te gustan los perros o los gatos?

—¡Stella, sabes que son los gatos! Pregúntame algo más difícil —dice Jenny, alejándose de las barras.

¡Listo! Tengo una buena.

—¿Quién es Sherlock Holmes?

—¡Excelente pregunta, Stella! —dice Jenny, y esta vez salta sobre una barra de equilibrio.

Mi amiga empieza a contarme todo lo que sabe sobre Sherlock Holmes: que es un detective famoso de una serie de libros y que recientemente vio un pedazo de la película sobre Sherlock Holmes en la casa de su primo. A partir de ahí, es más fácil hacerle otras preguntas a mi amiga, por ejemplo, sobre sus primos y lo que hacen juntos. Pero, ahora que lo pienso, con ella siempre es fácil hablar.

Aunque ya estoy agarrando el truco, está claro que lo que realmente necesito es que Jenny esté en mi clase.

Capítulo ocho

Una semana antes del Día de Acción de Gracias, mi mamá llega del trabajo de muy buen humor.

—Chicos, ¿quieren ir a comer a Máquina del Tiempo Fantástica?

Nuestro restaurante favorito es Máquina del Tiempo Fantástica, pero por regla general solo vamos en ocasiones especiales.

—¿Es el cumpleaños de alguien? —pregunta Nick.

—No, solo fue un buen día en el trabajo. Podemos celebrar una fiesta de no cumpleaños —dice mi mamá, moviendo las cejas hacia arriba y hacia abajo.

Salto emocionada. Nick se encoge de hombros.

—¿Puedo invitar a Jenny? —pregunto.

Mi mamá levanta el pulgar para decirme que sí.

—Y tú, Nick, puedes invitar a Jason si quieres —dice.

Me gusta Jason. Es el más simpático de todos los amigos de mi hermano. Ambos se la pasan hablando de cómics y salen juntos a montar bicicleta.

—¿Jenny puede quedarse a dormir? —le pregunto a mi mamá mientras la abrazo por la cintura.

—¡Por supuesto!

Corro a mi habitación para llamar a mi amiga. Va a ser la mejor fiesta de no cumpleaños.

Salimos a recoger a Jenny y a Jason camino a Máquina del Tiempo Fantástica. Paramos primero en casa de Jenny. Su mamá abre la puerta, vestida de uniforme. La mamá de Jenny está a punto de salir a trabajar el turno de la noche en una empresa de informática. También hace tratamientos de belleza en un salón durante el día, cuando no está demasiado cansada. La Sra. Le trabaja tanto como mi mamá. También se ocupa de Jenny ella solita.

—Hola, Stella —me dice la mamá de Jenny.

—¡Hola, Sra. Le!

—¡Estoy casi lista! —grita Jenny desde otra habitación.

Jenny me contó una vez que, cuando sus padres se divorciaron, al principio tuvo que compartir la cama con su mamá. Eso fue cuando vivían en un apartamento mucho más pequeño. Jenny nunca me invitó a ese lugar. Creo que le daba vergüenza. Tampoco he conocido a su papá, y Jenny nunca habla de él. Sin embargo, Jenny sí conoció a mi papá un día que él nos llevó a comer sushi el año pasado. Gracias a Jenny, yo ya sabía comer con palitos. Puedo decir que el sushi estaba delicioso, pero no el wasabi, que pensé que era aguacate. Me lo puse en la boca mientras mi papá hablaba con

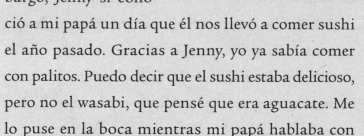

la camarera y fue una pésima idea, porque el wasabi es muy picante. Tuve que beberme un vaso de agua y comerme un cuenco de arroz para que los ojos me dejaran de llorar. Sin mencionar que estuve soltando agua por la nariz durante el resto de la noche. La cena fue muy cara, más de lo que mi mamá suele gastar. No sé por qué, si el sushi no hay que cocinarlo.

—¡Ya estoy lista! —exclama Jenny, acercándose.

La mamá de Jenny le dice algo en vietnamita y mi amiga vuelve a desaparecer. No sé de qué hablaron. Me pregunto si les pasa lo mismo cuando hablo español con mi mamá delante de ellas.

Jenny reaparece con un plato cubierto con papel de aluminio.

—Aquí tienen unos rollitos primavera —dice la Sra. Le.

Sonrío de oreja a oreja. Soy la única a quien la mamá de Jenny le regala rollitos primavera.

—Gracias, Sra. Le. Me encantan —digo.

La mamá de Jenny me da unas palmaditas en el hombro.

—Adiós, Stella —dice.

Camino feliz hacia el auto con los rollitos primavera.

Máquina del Tiempo Fantástica luce insignificante por fuera, pero por dentro es increíble. El restaurante está decorado con letreros de neón y terciopelo rojo por todas partes. El buffet de ensaladas es genial porque lo sirven dentro de un auto rojo de los años 50. Y lo mejor de todo es que los meseros y las meseras se disfrazan de personajes famosos. En nuestra sección hay un Elvis, un par de Batman, una Cenicienta y otros personajes más. Mi mesero favorito es Einstein. El chico disfrazado de Einstein lleva una peluca blanca desgreñada y un bigote, y tiene vasos de precipitado sujetos a su bata de laboratorio.

—¿Sabes a qué es igual E? —me pregunta.

—MC al cuadrado —respondo.

—Efectivamente. Pero E también es igual a Excelente.

—Deberías estar hablando con Cenicienta. Es más glamorosa —me susurra Jenny.

Pongo los ojos en blanco. A Jenny le gusta todo lo de las chicas.

A Nick y Jason les gusta hablar con los Batman. Discuten sobre cuál Batman es mejor. Y mi mamá habla con Elvis por un momento.

Pido espaguetis con albóndigas. Saben bien, pero no tan deliciosos como los de mi mamá. Seguramente no les añaden el toque adicional de *sabor* que ella les pone. Pero no importa, porque nos estamos divirtiendo muchísimo. Después de comer, nos ponemos a bailar. Normalmente no me gusta bailar fuera de casa, pero la pista de baile está oscura y es fácil camuflarse.

Hay un montón de chicos bailando también. No conozco a ninguno, así que no me importa. Bebemos Shirley Temples, que suena como una bebida para adultos pero solo se trata de un refresco rosado con una cereza. En nuestro grupo, bailamos mamá, Jenny y yo, aunque consigo que Nick baile conmigo un segundo. Después de un rato, mi mamá comienza a verse cansada.

—¡Uf! Trabajé muchísimo hoy. ¡Sigan bailando ustedes! Voy a ver cómo están los chicos —dice.

Mi mamá se sienta al lado de Jason y Nick, que están jugando en las máquinas de videojuegos.

Cuando Jenny y yo nos quedamos solas, comenzamos a tontear.

—¡Hagamos el baile del mono! —dice Jenny, moviendo los brazos.

—¡El baile del tiburón! —digo, y junto las manos sobre la cabeza.

—¡El baile de la gallina! —dice Jenny, agitando los codos.

—¡El baile de la manta raya! —digo, extendiendo los brazos.

Nos reímos muchísimo. Entonces, seguimos bailando hasta que escucho:

—Oye, mira quién está aquí... "Stella está en las estrellas".

Es Jessica, que está acompañada de Bridget, una chica de la clase de Jenny.

Dejo de bailar.

—Qué bien te mueves —dice Jessica, riéndose.

—Para alguien que no puede hablar —añade Bridget con ironía.

Me pongo roja como un tomate y Jenny me hala y me aleja de allí.

—Vamos, Stella. Esto se ha puesto superaburrido —dice.

—Lo bueno es que tienes traductora —grita Jessica.

Salgo cabizbaja de la pista de baile. Aún puedo escuchar a Jessica y a Bridget riéndose.

Caminamos hacia donde está mi mamá. Nick le está hablando de un cómic nuevo que está leyendo y, mientras, juega con Jason a las carreras de autos.

Mi mamá me mira.

—¿Estás bien? —me pregunta, preocupada.

—Ajá. Solo un poco cansada —respondo.

Finjo bostezar y me estiro. A veces puedo ser una buena actriz.

—En cuanto Nick termine de jugar, nos vamos. —dice mi mamá, y saca del bolso las llaves del auto.

—¿Por qué no le dijiste a tu mamá? —me pregunta Jenny cuando salimos del restaurante.

Me encojo de hombros, como si el asunto no tuviera importancia.

—Nos estábamos divirtiendo. ¿Para qué lo iba a echar a perder? —digo.

Detesto cuando la gente se burla de mí, pero no quiero que mi mamá se entere. Es un poco vergonzoso y no quiero que se preocupe. Ella gastó bastante dinero llevándonos a Máquina del Tiempo Fantástica y no quiero arruinarle la noche.

Cuando llegamos a casa, convenzo a Nick para que monte la tienda de campaña en el patio trasero. Me complace porque Jason le dice que lo ayudará. Por eso, y porque no hace demasiado frío afuera.

Nick y yo la armamos una vez, cuando jugamos a ser montañeros. Esa noche solo comimos cecina y bayas porque recordaba haber leído eso en el libro *La casa del bosque*.

Esta vez es diferente. Jenny decide que la tienda debe parecerse a una casa, así que sacamos el colchón de aire y las almohadas. Jenny también quiere traer a Pancho, pero no quiero que pase frío. A fin de cuentas, es un pez tropical.

—Esto es mucho mejor que acampar —dice Jenny.

—Y podemos correr a la casa para usar el baño —digo.

—Y buscar esmaltes de uñas —añade mi amiga.

Digo que sí con la cabeza. No soy buena pintándome las uñas, pero Jenny sí lo sabe hacer bien y siempre le quedan lindísimas. Necesito practicar, porque me encantaría hacerme diseños de gatos y peces.

Jenny se duerme antes que yo. Me quedo despierta deseando no tener que volver a la escuela el lunes. Entonces, se me ocurre una idea. Sería maravilloso tener una Máquina del Tiempo Fantástica de verdad para poder viajar. Regresaría al inicio de la noche y reñiría con Jessica. Pero tengo que preparar la riposta perfecta. Pienso y pienso, pero no se me ocurre nada. Tal vez *sí* estoy en las estrellas, y tal vez *sí* necesito que Jenny hable por mí. De todos modos, me gustaría volver al pasado y pedirles a los padres de Jessica que no salgan de casa esta noche para no tener que encontrarme con su hija. Eso también funcionaría.

Capítulo nueve

Este año, algunos de nuestros familiares de la Ciudad de México vienen a visitarnos el Día de Acción de Gracias. Aunque en México no se celebra esa fiesta, a mi familia le gusta visitarnos en esa fecha. Creo que están un poco obsesionados con la celebración. Mi mamá prepara todas las recetas del libro de Betty Crocker, el más tradicional de los libros de cocina estadounidenses, y a nuestros familiares les encantan. ¡La comida de aquí les parece exótica!

De todos modos, en nuestra cena no solo se sirven platos de comida tradicional de este país. Mi mamá también hace platos latinos, como picadillo y elote. Además, sirve guayaba, pan tostado y papaya, que les encantan a nuestros familiares.

Para conseguirlos, tenemos que ir a otra ciudad, que es muy diferente de donde vivimos. Casi todos los carteles están en español. Está un poco lejos, por eso solo vamos cuando necesitamos ir a nuestra tienda favorita, *La Sorpresa*.

—¡Compraremos algunas provisiones! Cosas para tu tía y tu abuelo —dice mi mamá mientras conduce.

La Sorpresa tiene el nombre perfecto. Aunque es una tienda pequeña, tiene tantas cosas que te sorprendes a cada paso.

En los estantes de productos agrícolas, hay muchas verduras y frutas interesantes. Hay nopales, cocos, yucas y unas bananas enormes. ¡Hasta venden cactus!

—¿Y la gente come esto? —le pregunto a mi mamá mientras toco uno.

—Sí, son nopales. A ti te gustan —dice.

Trago en seco. ¿Así son los nopales?

—¿Quieres decir que he comido cactus? —digo, sin comprender cómo nunca he sentido las espinas.

Mi mamá se ríe y me mira.

"Ah, tú se le quitas antes de cocinarlas", me digo.

Nick agarra un trozo de un pastel dorado que parece pastel de mantequilla, solo que tiene semillas de sésamo.

—Espera, ¿es una quesadilla? —pregunta.

—¡Oh, qué delicia! Agarra algunas. Las hacen en El Salvador. A tu abuela le quedan exquisitas.

A la mamá de mi mamá, mi abuela, le encanta cocinar. Como creció en El Salvador, se sabe recetas de Centroamérica, Cuba y España. Hasta sabe cocinar varios platos italianos porque algunos miembros de su familia eran de allá. Eso me parece fantástico. Mi mamá sabe hacer muchas de esas recetas deliciosas gracias a mi abuela.

—Pensé que las quesadillas se hacían con tortillas y queso —dice Nick.

—Así es, pero esas son las quesadillas mexicanas. Esta es una quesadilla salvadoreña.

Me quedo pensando en todos los países donde se habla español. Hay tantos... y todos son tan distintos: tienen comidas diferentes e, incluso, diferentes formas de hablar español. Apenas los conozco; ni siquiera México, de donde soy. Entonces me doy cuenta de que, aunque creo que pudiera encajar mejor en México que en los Estados Unidos, en realidad no es así. Solo sé un puñado de cosas sobre México por mi familia, pero no lo suficiente como para sentir que soy de allá.

La verdad es que no vamos a México con frecuencia porque es muy caro ir. Sé que la Ciudad de México solía ser la más grande del mundo. Cuando cierro los ojos y me la imagino, Chicago me parece pequeña. Mi mamá solía decir que cuando Nick llegó por primera vez a Chicago decía que todo era plano y se veía vacío. Después, cambió de opinión cuando fuimos a Iowa.

—Mamá, cuéntame de la Ciudad de México otra vez —digo.

—La Ciudad de México está en un valle rodeado por dos volcanes. Un volcán se llama Popocatépetl. El otro, Iztaccíhuatl. Según los aztecas, Iztaccíhuatl es una princesa y Popocatépetl es un guerrero que la protege —dice mi mamá.

Me ha hablado de los volcanes un montón de veces, pero no me canso de escuchar la leyenda. Me hace sentir que vengo de un lugar especial y que esa historia nos conecta. Mi mamá continúa contándonos sobre su casa, mientras caminamos por los pasillos de la tienda.

Nick empuja el carrito y mi mamá va escogiendo frascos con pimientos y aceitunas. Si los frascos no fueran tan difíciles de abrir, me comería las aceitunas ahora mismo. Me gustan casi tanto como las albóndigas. Después, mi mamá busca la guayaba y el queso. Tacha de su lista las cosas que ya tiene y sigue buscando lo que falta. Entonces, se detiene un segundo.

—A tu abuelo le gustan los matrimonios cuando jugamos a las cartas —dice mi mamá, y la cara se le ilumina, como siempre que habla de mi abuelo.

Mi mamá es muy apegada a su papá. Cuando mis padres se divorciaron, mi abuelo vino a acompañarnos un mes. Me llevaba a la escuela todos los días. Él es la única persona con la que trato de hablar español, aparte de mi mamá. Me deja hablar muy, muy despacio y se toma el tiempo para escucharme. Es tan amable que ni siquiera me importa cuando se ríe de mí por pronunciar mal las erres y algunas palabras.

Mamá revisa la lista otra vez.

—Por poco nos olvidamos de los frijoles —dice, empujando el carrito de vuelta al pasillo de los productos enlatados.

Mientras mi mamá busca los frijoles, veo a una niña de mi edad hablando con su abuelo. De pronto, me siento un poco celosa, pero los celos enseguida se transforman en un salto en el estómago cuando me acuerdo de que nuestros familiares llegarán mañana. Cruzo los dedos y espero despertarme sabiendo un poco más de español.

Capítulo diez

Al día siguiente, Nick y yo nos queda-mos en casa mientras mi mamá va a recoger a nuestros familiares al aeropuerto. No nos lleva porque dice que nos vamos a aburrir. Como vienen de otro país, tienen que pasar por aduana, que es donde te revisan para asegurarse de que no traes nada ilegal al país. Eso puede tomar mucho tiempo.

Esta vez, solamente vienen la hermana de mi mamá, mi tía Juanis y mi abuelo Apolinar. Hace dos años que no los veo, así que estoy un poco nerviosa. Mi abuela rara vez viene porque es muy particular y ya no le gusta viajar. Prefiere quedarse en casa jugando a las cartas. Sería más fácil si fuera mi tía Margarita quien viniera de visita. Ella viene más a menudo porque siempre está paseando por el mundo y, a veces, se queda en Chicago durante uno o dos días entre sus viajes. De todos mis parientes, ella es la que mejor habla inglés, por tanto, es con la que más me gusta hablar. Es una persona muy creativa, además de que es profesora y habla cuatro idiomas. Cuando sea grande, quiero ser tan inteligente como ella.

Antes de irse, mi mamá deja a Nick a cargo del pavo. Mi trabajo consiste en poner la mesa. Sé que es porque tengo un ojo artístico. Nick no sabe doblar las servilletas en triángulos como hacen en los restaurantes de lujo. Incluso, hago unas etiquetas en forma de pavo con el nombre de cada persona para poner en los asientos. Durante un rato, la casa está tranquila y puedo dibujar. Aunque por momentos me gustaría meterme en la cama

con un libro, en lugar de celebrar el Día de Acción de Gracias. Me siento ansiosa, como si fuera el primer día de clases.

Oigo que se abre la puerta de entrada.

—¡Hola, mi amor! —dice mi tía Juanis y me abraza y besa en ambas mejillas.

No veo nada porque su suéter peludo me cubre la cara, pero puedo oler su perfume. Mi tía usa un montón de maquillaje. En eso no se parece a mi mamá, que solo usa un poco cuando va a trabajar.

Juanis se aleja de mí y camina hacia Nick. Al fin, puedo ver que lleva un suéter estampado y mallas gruesas. Su pelo rojo muy corto se ve más despeinado de lo normal.

—Hola. ¡Qué guapo! —le dice a mi hermano.

Nick sonríe radiante. Le gusta que le digan guapo.

Juanis se lleva muy bien con Nick. Cuando vivíamos en la Ciudad de México, ella solía cuidarlo después de la escuela. Me siento en el sofá y dibujo mientras ellos conversan.

En realidad, no hablo tanto con nuestros familiares como Nick porque siento que apenas me conocen. Ellos piensan que a mí lo que me gusta es dibujar. Nick estaba en primer grado cuando nos fuimos de México, mientras que yo era solo una bebé. Creo que no saben qué preguntas hacerme, como cuál es mi pez o libro favoritos.

Mi abuelo entra a la casa con mi mamá. Él es un poco lento y camina cojeando. Cuando tenía mi edad, perdió una de sus piernas en un accidente de autobús. Pero se las arregla para moverse por todos lados con su pierna postiza y nunca se queja. Y, cuando se quita la pierna para dormir, silba mientras salta a la cama.

—Hola, qué preciosa está Stella —dice mi abuelo.

Cuando me llama bonita, tengo que admitir que me siento un poco menos rara. Mi abuelo suelta la guitarra y se ríe mientras me abraza. Luego olfatea el aire.

—¿Dónde está la comida, Nick? —pregunta, dándole un abrazo a mi hermano.

—Ya casi está lista —contesta mi mamá, mientras lleva la maleta y la guitarra de mi abuelo a la habitación de Nick.

Mi abuelo siempre viaja con su guitarra. Es músico y antes tocaba en un programa de radio en México.

En lo que se acomodan, aprovecho para darle de comer a mi pececito.

—¡Feliz Día de Acción de Gracias, Pancho! —le digo, dejando caer una bolita de comida en el agua de la pecera.

—¡Listo! —dice mi mamá, anunciando que ya está la comida.

Nos sentamos a la mesa mientras mi mamá sirve. Hay pavo, pan de maíz, puré de papas y verduras asadas. ¡Y también camotes con malvaviscos! Mi mamá explica que los hizo usando la receta de un libro de cocina, pero se ven un poco raros.

Los platos que más me gustan no son de los Estados Unidos. Mi mamá hace un relleno con picadillo, que es carne molida con aceitunas, que me encanta. Las aceitunas le dan un toque especial. También hace elote, que es mazorca de maíz con queso mexicano rallado por encima.

Quiero meterle mano a la comida ya, pero mi mamá dice que primero debemos dar las gracias. Todos dicen algo. Entonces llega mi turno.

—Mi familia... —digo en voz baja.

Me siento tan avergonzada como cuando estoy en la escuela, pero esto es diferente. En la escuela soy tímida porque quiero pronunciar correctamente, pero con mi familia simplemente no encuentro las palabras en español que me gustaría decir. Me gustaría dar gracias por todas las criaturas marinas que habitan el océano, por mi mamá, Nick y Jenny, pero no puedo.

Durante la comida, intento hablar en español varias veces, pero Juanis siempre termina las oraciones por mí.

—Quiero... —digo mirando el picadillo.

—Más pavo —dice Juanis, y comienza a servirme más en el plato.

Como no es lo que quería, aparto el pavo con el tenedor. Es difícil hablar cuando los demás ni siquiera te están escuchando.

Comemos hasta que estamos tan rellenos como el pavo. Mamá decide sacar unos álbumes de fotografías antes del postre.

—Vamos a mirar fotos de la familia —dice.

Es divertido ver fotos de antes de que yo naciera. Todos llevan ropa muy diferente, sin mencionar los peinados. ¡Tanto mi mamá como mi papá tenían el pelo largo! Nick tenía el pelo rubio en vez de castaño oscuro. Incluso, hay fotos de mi papá con su familia y la familia de mi mamá.

Nick señala una en la que está golpeando una piñata junto a mi papá, mi abuelo y mi tío Carlos.

—Recuerdo ese día. Fue cuando cumplí cuatro años. Y esas son las marionetas que trajeron para mi fiesta —dice Nick, señalando unas marionetas de madera.

Mi mamá, Juanis y mi abuelo asienten. Nick recuerda muchas cosas.

En otra foto, veo a mi abuelo, mi tío Carlos y una mujer que no conozco.

—¿Quién es? —pregunto.

—Oh, esa es tu abuela Carmen, por parte de tu papá. En esa foto el pelo se le ve diferente. Probablemente por eso no la reconociste —responde mi mamá.

Solo he visto a los padres de mi papá una vez desde que nos mudamos a los Estados Unidos.

—¿Te cae bien tío Carlos? —le pregunto a Nick.

—Sí, al menos cuando jugaba fútbol conmigo y con papá —responde Nick.

Tengo una ligera idea de haber visto a mi tío. Vivía cerca de nosotros. Nos visitaba con frecuencia hasta que mis padres se divorciaron. Entonces, se mudó a Colorado y no lo vimos más.

Mamá saca las fotos de cuando yo nací. Esas son mis favoritas. Me gusta verme con los lazos enormes que me ponían. Todos están de acuerdo en que yo era la bebé más linda del mundo. También hay fotos de cada uno de mis familia-res cargándome, incluyendo a mi hermano Nick. Mi hermano se me acerca y me revuelve el pelo.

—La bebé —dice Juanis tocándome el brazo. Luego me da un beso en la mejilla e inmediata-mente me quita la marca de su lápiz labial rosado y me agarra la barbilla—. Tú sabes que soy tu segunda madre, Stella —añade.

—¡Sí! —digo, asintiendo con la cabeza.

Puede que Juanis no siempre me escuche, pero sé que me quiere mucho.

Después de descansar un rato, probamos tres tipos diferentes de pastel: manzana, pacana y cala-baza. Mientras comemos los pasteles, les muestro a

Juanis y a mi abuelo los dibujos que he hecho para el proyecto de animales.

—¡Qué bien hechos! —dice mi abuelo. El que más le gusta es el del manatí.

Luego, Nick le ruega a mi abuelo que saque la guitarra, y él comienza a tocar muchas canciones que me sé. Me encanta acompañarlos cuando cantan, pero a veces me quedo en silencio para escuchar a mi mamá cantar. Se ve muy feliz cantando junto a su papá.

Entonces, me mira.

—¿Sabes? Cuando tenía tu edad, tus abuelos solían hacer fiestas increíbles. Tu abuelo y sus amigos músicos cantaban toda la noche —dice.

—¿Qué hacías cuando te tocaba ir a dormir? —pregunto.

Mamá, mi abuelo y Juanis se echan a reír.

—Ay, Stella —dice mi abuelo.

—¿Por qué eso es tan gracioso? —le pregunto a mi mamá.

—No es nada, mi chiquita —dice mi mamá—. Fue una pregunta muy tierna. Las cosas son un poco diferentes en México. Las familias hacen más fiestas y son menos estrictas con la hora de dormir.

—A mí eso me encantaría —dice Nick.

No digo nada. Una parte de mí desea que nunca nos hubiéramos marchado de México. Sería magnífico tener fiestas y horas de irse a dormir menos estrictas, y quizás las cosas habrían sido más fáciles. Nos veríamos todo el tiempo en vez de una vez

cada dos años. Si viviera cerca de ellos, serían de verdad mi familia y no me parecerían visitantes o simplemente la familia de mamá o de Nick. Mi mamá tampoco tendría que hacerlo todo ella sola y siempre estaríamos acompañados.

Mi abuelo comienza a cantar mi canción favorita, "El corrido de Chihuahua", y me hace un gesto con la guitarra. Me la sé enterita, así que empiezo a cantar con él.

Mi mamá se pone de pie. Me saca a bailar con ella y me da varias vueltas hasta que empiezo a reírme. Finalmente, deja de darme vueltas, pero todo sigue girando por un segundo. Cuando por fin me recupero del ligero mareo, noto que mi familia entera se ríe conmigo, incluso Nick, y eso me hace muy feliz.

Capítulo once

—¿**Quieres venir conmigo a la oficina,**
Stella? —pregunta mi mamá el domingo después
del Día de Acción de Gracias—. Necesito ponerme
al día con el trabajo —añade.

A veces, mi mamá tiene que ir los fines de semana a trabajar. Esta vez va porque se tomó varios
días de descanso para pasar más tiempo con mi
abuelo y mi tía.

—¡Sí! —respondo, y corro escaleras arriba para
cambiarme.

Me encanta acompañar a mi mamá al trabajo.
Me gusta ver dónde pasa el tiempo mientras estoy
en la escuela. Como Nick prefiere pasear en bicicleta con Jason, nos vamos solas.

Mi mamá tiene un puesto importante como jefa de una emisora de radio. Debe lucir profesional todo el tiempo y se pone unos tacones que la hacen ver muy alta. De vez en cuando, yo me los pruebo. Me gusta el ruido que hacen, aunque solo puedo caminar en ellos por un segundo. Pero, como es fin de semana, las dos vamos en zapatillas deportivas.

En vez de ir en carro, tomamos el tren Metra. La estación está cubierta de anuncios que dicen "Metra: la verdadera forma de volar". Durante el viaje en tren, me gusta aparentar que soy una adulta como mi mamá. Incluso tomo prestado su maletín para llevar mi libro de peces y leerlo en el tren. En el viaje leo sobre los peces payaso.

—¿Sabías que el verdadero nombre del pez payaso es pez anémona? —le pregunto a mi mamá.

—Lo escuché una vez —responde mi mamá mientras revisa su correo electrónico.

—Bueno, ¿y sabías que el pez anémona macho se ocupa de los huevos?

Mi mamá hace a un lado el teléfono.

—No, eso no lo sabía. ¡Qué suerte tienen esas mamás!

Mi mamá mira un segundo por la ventanilla del tren. Me siento mal porque tiene que hacerlo todo sola. Mi papá no está aquí y ni siquiera nos envía dinero. La excusa de antes era que no tenía, pero ahora que trabaja para tío Carlos no sé cuál es.

Mi mamá suelta un suspiro y se voltea hacia mí.

—Muy bien, mi pequeña exploradora marina —dice, rodeándome con su brazo—, cuéntame más cosas curiosas sobre los peces.

Hablamos del pez anémona hasta que llegamos

a su oficina. Me siento emocionada. Ir al trabajo con mi mamá me hace sentir importante y adulta. Antes de entrar al edificio, debemos mostrar una identificación.

—¿Qué significa "televisión de circuito cerrado", mamá? —pregunto, señalando un letrero.

—Significa que hay cámaras grabando quién entra y sale del edificio.

—¡Genial! —digo.

Mi mamá se ríe.

Cerca del ascensor está sentado un guardia de seguridad uniformado. Se llama Carl.

—¿Trabajando de nuevo, Sra. Díaz? —dice.

—Solo por un rato, Carl —responde mi mamá.

El guardia me saluda y le devuelvo el saludo.

Después de abrir un montón de puertas con su tarjeta de identificación, llegamos a las oficinas donde trabaja mi mamá. Pasamos por delante de unas máquinas expendedoras de comida que nunca antes había visto.

—¿Qué es pan de miel? —pregunto.

—No estoy segura. Nunca lo he probado —dice mi mamá.

—¿Puedo comprar uno? —digo con la cara aplastada contra el vidrio de una de las máquina.

—Quizás en otro momento.

Mi mamá sigue caminando y tengo que correr para alcanzarla. Muy cerca de allí hay una cocina con una nevera y varias mesas.

—¿Tú comes aquí, mamá?

—A veces. Otras, como afuera porque tengo almuerzos de negocios, o como en mi oficina.

Seguimos avanzando y pasamos por delante de todo tipo de equipos electrónicos. Hay fotocopiadoras con un montón de botones que me gustaría presionar y palancas que me gustaría halar, pero no lo hago.

Luego pasamos junto a las cabinas de Dj, donde trabajan las personas que hablan por la radio. En esas sí hay botones, ¡y se iluminan y todo! Reconozco la voz del Dj, aunque realmente no escuchamos demasiado esta estación de radio en el auto. A mi mamá lo que le gusta es escuchar salsa y música clásica. De pronto, veo a un hombre en la cabina que se asoma a saludar.

—Buenos días, señora.

—¡Hola, Nacho! Te presento a mi hija, Stella —dice mi mamá.

Me sonrojo y me escondo detrás de mi mamá.

—¡Mucho gusto, Stella! —dice Nacho, sonriendo.

—Sí, igualmente —digo bajito, para ser cortés.

Entonces me le adelanto a mi mamá y por fin

llegamos a su oficina. Me encanta. Por lo general, me gusta acostarme en su sofá o sentarme frente a su escritorio simulando que soy su asistente. También me gusta revisar todos los gabinetes y gavetas. Creo que a ella no le gusta mucho que lo haga, pero no puedo evitarlo.

—¿Qué quieres hacer mientras trabajo, Stella? —pregunta mi mamá, encendiendo la computadora. Parece apurada.

Me detengo y cierro una gaveta llena de notas adhesivas y bolígrafos. En ese momento, se me ocurre una gran idea.

—¿Puedo escribir una historia, mamá? —pregunto.

—¡Claro!

Agarro algunos materiales y un bolígrafo de cada color y, mientras mi mamá trabaja, me voy a un cubículo vacío. Me pongo a trabajar yo también. Decido que voy a escribir sobre un pirata, el capitán Roberto, y su compinche, Mono. A Nick y a mí nos gusta jugar a los piratas cuando nadamos, así que al principio le dedico la historia a mi hermano.

Intento hacerla lo más parecida posible a un libro real. Pongo una página de título y al final escribo mi biografía. El libro tiene diez páginas con ilustraciones.

Voy de puntillas hasta la oficina de mi mamá. Está tecleando en su computadora y tiene un bolígrafo en la boca.

—¿Mamá? —digo.

—¿Sí?

—Terminé mi historia.

—Maravilloso. Ya casi termino.

—Está bien —digo.

Pero terminar le toma más tiempo del que pensaba. Me aburro esperándola, así que me voy a explorar. En la cocina, me preparo una taza de chocolate caliente que me da aún más energía, así que, sin hacer ruido, corro de cubículo en cubículo para mirar las fotos y adornos de los otros empleados de la estación.

Por fin, regreso a la oficina de mi mamá.

—Discúlpame, Stella. Solo un par de minutos

más. Luego iremos a almorzar —dice mamá sin parar de escribir en la computadora.

Mientras la espero, me acuesto en el sofá y dejó colgar la cabeza por un lado. Veo a mi mamá al revés y lo observo todo en su oficina. En la pared hay algunas fotos de Nick y mías y uno de mis dibujos. Recuerdo que lo hice en nuestro viaje a Wisconsin Dells hace un par de años. Fue uno de nuestros últimos viajes antes de que mis padres se divorciaran. Dibujé los pequeños ciervos y los pinos que vimos mientras paseábamos en trineo.

Miro a mi mamá. Se ve muy seria cuando trabaja. Me siento mal porque mi papá no es tan buen padre. Si lo fuera, ella no tendría que trabajar tanto.

Me pregunto si le gustará su trabajo. Estoy tan metida en mis pensamientos que ni siquiera me doy cuenta de que lo digo en voz alta.

—Es divertido, pero a veces consume demasiado tiempo. En verdad, preferiría estar en casa con tu hermano y contigo, o en la playa —responde mi mamá, y me guiña un ojo—. Suficiente por hoy. Muéstrame tu libro.

Me levanto del sofá y me le acerco.

—Prepárate para quedar fascinada. Es lo mejor que he escrito en mi vida —digo.

—Estoy segura de que así es.

Leemos juntas la historia del capitán Roberto y Mono, que van en busca de un tesoro. En la historia también hay un pirata malvado que trata de robarse el tesoro. La historia termina con un final de suspenso porque planeo escribir una secuela. Cuando terminamos de leer, mi mamá se voltea hacia mí y me abraza.

—Me encanta, Stella, y sé qué hacer para que parezca casi un libro de verdad. Si quieres, podemos hacerlo antes de irnos —dice.

Mi mamá cierra su oficina y caminamos hacia el cuarto de la fotocopiadora y otras máquinas más sofisticadas. Vamos hasta una que parece que tiene dientes gigantes. Mi mamá agarra una espiral, una lámina de plástico y un papel negro.

—Por favor —dice mi mamá, y me hace un gesto para que le alcance la historia que he escrito.

Luego, pone el plástico arriba y el papel negro, en la parte posterior. Después inserta la espiral alrededor de los dientes gigantes de la máquina.

—Cuidado con tus manitas —dice mi mamá.

Retiro las manos. Se escucha un gran chasquido y al instante las páginas en las que está escrita mi historia están encuadernadas.

—¡Es un libro! —grito, llena de alegría.

Al día siguiente, en la escuela, me acerco al escritorio de la Sra. Bell antes de que comience la clase.

—Sra. Bell, escribí una historia durante las vacaciones por el Día de Acción de Gracias —digo.

—¡Qué maravilla, Stella —dice la Sra. Bell—. ¿Quieres leerla en voz alta frente a la clase?

Niego con la cabeza.

—¿Qué tal si te ayudo y solo leemos un poco? —dice.

—Supongo que sí —respondo.

En realidad, estoy muy orgullosa de lo que escribí y me gustaría compartirlo con la clase, pero no quiero que nadie me mire mientras leo. Lo último que deseo es que se repita lo sucedido el primer día de escuela.

Cuando suena la campana, la Sra. Bell se para delante de todos con mi libro en las manos.

—Miren lo que hizo uno de sus compañeros durante el fin de semana —dice—. Stella escri-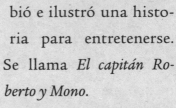bió e ilustró una historia para entretenerse. Se llama *El capitán Roberto y Mono*.

La maestra comienza a pasar las páginas... y yo a sonrojarme.

—¡Genial! ¡Es de piratas! —dice Stanley.

La Sra. Bell comienza a leer la historia y suena bastante bien. Luego me mira.

—Stella, ¿te gustaría leer un párrafo? —pregunta.

Me levanto temblorosa. Leo el párrafo tan rápido que no despego la vista del libro ni un segundo. Luego vuelvo a sentarme.

—Gracias, Stella. Bien hecho —dice la Sra. Bell, devolviéndome el libro—. Esto tiene que ver, de alguna manera, con el proyecto sobre los animales. Sé que todos han estado trabajando en la investigación. Ahora, en la segunda etapa, deberán presentar sus proyectos a la clase. Cada uno debe hablar durante cinco minutos y mostrar lo que ha aprendido. Y como hablar en frente de la clase puede resultar aburrido para el resto de los estudiantes, ¡espero que las presentaciones sean divertidas y emocionantes!

—¿Se permiten disfraces? —pregunta Ben.

—Sí, puedes disfrazarte si quieres. También puedes bailar. ¡Todo es posible! —dice la Sra. Bell.

—Me voy a poner el traje de equitación —dice Jessica. Sus papás tienen un caballo y, obviamente, ella está haciendo el proyecto sobre los caballos.

Todos en la clase comienzan a hablar mientras yo me quedo callada. ¿Tendré que hacer una presentación y usar oraciones completas? ¿Y tiene que ser entretenida? Si me envuelvo la cabeza con una sábana, tal vez sea menos aterrador. Miro el libro que escribí. Quizás no sea tan malo. ¡Logré leer un párrafo frente a todos y no me equivoqué ni una vez! Fue mucho mejor que el primer día. Quizás pueda hacerlo.

Veo que Stanley me mira. Volteo la vista hacia Jessica, que parece muy segura y entusiasmada con la presentación. No. Tengo la sensación de que esta historia no va a terminar bien.

Capítulo doce

Los inviernos son muy fríos en Chicago.
¡A veces es difícil salir de la casa! En Navidad hizo tanto frío que no fuimos a ningún sitio. Además, mi mamá tuvo que trabajar en Nochebuena. Por suerte, el día de Año Nuevo no hace tanto frío y mi mamá quiere que hagamos algo especial, así que

nos vamos a celebrarlo en Wisconsin Dells. Aunque tenemos árboles cerca de casa, no hay tantos como en Wisconsin. Allí los bosques son más bonitos, ¡y hay muchas cosas que hacer! Más que en Chicago.

Siento que el viaje me hará bien. No quiero pensar en la presentación del proyecto ni en la escuela.

—¿No prefieres que vayamos a un lugar como Jamaica? —le sugiero a mi mamá. Jamaica está mucho más lejos, pero no importa.

Mi mamá solo sonríe.

—Me gustaría —dice—. ¿Qué tal si nos invitas cuando seas una exploradora o una artista famosa?

Mientras me imagino buceando en el océano o, mejor aún, admirando mis obras de arte en un museo, me parece bien que no vayamos a Jamaica aún.

Lo que más nos gusta hacer en Wisconsin Dells es caminar con raquetas de nieve, así que es lo primero que hacemos en cuanto llegamos. Nos ponemos unos zapatos que parecen raquetas de tenis gigantescas y que ayudan a avanzar en la nieve. Uno parece un robot cuando camina con ellos.

—¡Parecemos pingüinos! —dice mi mamá mientras caminamos.

—¡Más bien parecemos ballenas jorobadas con tanta ropa! —digo.

—¡No, creo que parecemos espías! —dice Nick.

—Si estuviésemos en una película de espionaje, iríamos vestidos de blanco mientras los malos de la película estarían vestidos de negro —digo.

Mi mamá niega con la cabeza.

—Si estuvieran vestidos de blanco, no los vería —dice.

Las raquetas de nieve son pesadas. Mi mamá y Nick caminan mucho más rápido que yo. A cada paso, me quedo más rezagada.

—¡Oigan, más despacio! —digo, jadeando.

—Lo siento, tortuga —dice Nick.

Protesto y mi hermano se voltea a mirarme.

—Será mejor que te apures. Todo el mundo sabe que Pie Grande vive por aquí y que le gusta comerse a las niñas pequeñas —dice.

—Estás mintiendo. Pie Grande no existe —digo, y enseguida echo un vistazo alrededor. Hay una calma escalofriante.

—¡Anda! Vamos. Camina un poco más rápido, Stella. ¡Tenemos muchas cosas que hacer hoy! —dice mi mamá.

A veces, a Nick le gusta asustarme. Una vez, cuando fuimos a un lago, me dijo que había caimanes. Me dio tanto miedo que no me atreví a entrar al agua en todo el día. Al llegar a casa, busqué información sobre los caimanes y resulta que no hay caimanes en Illinois. Cuando le mostré a Nick el sitio web, simplemente se encogió de hombros.

—Uno nunca sabe —me dijo.

Estoy casi segura de que Pie Grande no existe, pero me asusta el ruido que hacen las hojas y las ramas. Es probable que sea solo el viento, pero de todas formas lo averiguaré cuando llegue a casa y busque en Internet.

—¡Mamá! —grito, y corro para alcanzarla.

Mantengo el paso lo mejor que puedo, pero al poco rato empiezo cansarme. Tenerle miedo a Pie Grande y caminar en la nieve es agotador.

—Nick, ¿puedes cargarme? —digo.

Mi hermano se agacha y yo salto sobre su espalda.

—Lo hago porque así nos vemos más grandes y podemos asustar a Pie Grande —dice Nick. No puedo ver su rostro, pero sé que se está riendo.

Me río y me sujeto con más fuerza de su cuello. Es difícil estar enojada con Nick por mucho tiempo.

—Stella, ya casi llegamos al auto —dice mi mamá acariciando la cabeza de Nick—. Vamos a almorzar y luego seguimos con la diversión.

Por la carretera, observo unas pequeñas cabañas sobre el lago. Son los pescadores. Al verlas, recuerdo mi proyecto sobre animales marinos. No les he contado a mamá ni a Nick que tengo que presentarlo frente a la clase. No quiero que se preocupen. Nick seguramente se burlaría de mí y mi mamá ya tiene suficientes problemas con el trabajo.

—¿Estás pensando en el proyecto? —pregunta mi mamá,
que siempre adivina lo que
pienso.

—Pues sí —susurro—.
Mamá...

—¿Sí?

—¿Alguna vez te
pones nerviosa cuando
hablas en público? —pregunto.

—No, ¿por qué?

Suspiro. Eso no era lo que esperaba escuchar.

—¿En serio? ¿Nunca? —insisto.

Mi mamá se queda callada por un momento.

—Nunca, de verdad. Tu abuelo era músico y me
acostumbre a la multitud —dice, finalmente.

Su respuesta me hace sentir peor. Por suerte,
Nick interrumpe la conversación.

—Miren. ¡Ahí está el restaurante!

Después del almuerzo, caminamos por el centro de Dells. Las calles aún están llenas de adornos
navideños: renos, muñecos de nieve, copos de nieve.

Entonces comienzo a preguntarme cómo se celebran las fiestas en México. No puedo imaginar la Ciudad de México cubierta de nieve. Seguramente un muñeco de nieve se derretiría.

—Mamá, ¿qué hacías en México durante las Navidades? —pregunto.

—Nada parecido a esto. Hace demasiado calor. Celebrábamos con nuestra familia y los amigos. En México, el Día de los Reyes Magos es más importante.

—¿De verdad? Nunca había oído hablar de eso —dice Nick.

—Es divertido. Dejas los zapatos afuera y los tres reyes te traen regalos durante la noche —dice mi mamá.

—¿Podemos hacer eso el próximo año? —pregunto.

—¡Sí, por favor! Me vendrían bien más regalos —dice Nick.

—Perdí esa costumbre cuando vinimos a vivir a Estados Unidos. Comenzamos a celebrar las Navidades al estilo de aquí para que ustedes se adaptaran y encajaran mejor.

"Pero no me adapto, mamá", pienso, y suspiro. "Soy diferente a los chicos de mi clase. Soy una *alien*".

De repente, me imagino a Pancho nadando solo en su pecera. No puede estar cerca de otros peces, pero tampoco puede vivir fuera del agua. Él tampoco pertenece a ninguna parte.

Capítulo trece

Rin. Rin.

—¡Es papá! –grita Nick después de contestar el teléfono.

Me acerco corriendo.

—¿En serio? —susurro.

Es enero y acabamos de hablar con él en Navidad. Por lo general, nunca llama tan seguido.

Nick asiente y cubre el teléfono.

—Va a estar en Chicago en un par de meses por trabajo. También quiere saber si recibimos nuestros regalos de Navidad.

Los regalos de este año fueron más guantes y

calcetines de la tienda de mi tío. ¡Tremenda sorpresa! Como de costumbre, no son de nuestro estilo y tampoco nos quedan muy bien que digamos.

Acerco la oreja al teléfono.

—Sí, recibimos nuestros regalos —dice Nick.

—Qué bien. Me alegra saber que mis niños están bien abrigados —dice mi papá—. Sabes que haría cualquier cosa por ustedes.

Nick pone los ojos en blanco. Menos mal que no es una video llamada.

Cuando volvemos a la escuela después de las vacaciones de invierno, hace tanto frío que terminamos usando los guantes y calcetines nuevos que nos envió mi papá. Lamentablemente, Jenny no regresa a la escuela porque está resfriada, lo que significa que tengo que almorzar sola, y eso me asusta un poco. No tengo más amigos, así que ni sé dónde sentarme.

En la cafetería, miro a mi alrededor. Las opciones son escasas. No quiero sentarme a comer cerca de Jessica. Examino mesa por mesa en busca de una cara amistosa y finalmente veo a Lauren leyendo un libro de Nancy Drew.

"Qué alivio", pienso.

Camino hacia donde está Lauren, que se mueve para que yo me pueda sentar a su lado. Menos mal. A las dos nos gusta estar en silencio pero, para mi sorpresa, Lauren está muy conversadora en el día de hoy.

—¿Cómo va tu proyecto sobre animales marinos? —pregunta.

—Bien —contesto.

Y es verdad. Los dibujos me han quedado muy bien. Es la presentación lo que me preocupa. Miro fijamente a Lauren. Parece emocionada, como si tuviera un secreto que quisiera compartir.

—¿Y el tuyo? —pregunto.

Me estoy esforzando en hacer preguntas, como me sugirió Jenny, y creo que está funcionando.

Lauren se me acerca.

—Bueno, mi proyecto va a quedar genial. No se lo digas a nadie, pero voy a traer el loro de mi tío para la presentación. Le pedí permiso a la Sra. Bell —dice Lauren bajito.

—¡Increíble! —digo.

Lauren asiente, orgullosa, pero yo me quedo pensativa. No comprendo cómo la Sra. Bell puede permitir que Lauren traiga un loro. No es justo. ¡Un loro puede hablar y cantar! Es como hacer la presentación con un compañero que sabes que a todos les gustará.

¿Qué voy a hacer? No puedo traer a Pancho. Me parece un pez increíble, pero él no habla. La mayoría de la gente se aburriría de tan solo verlo nadar. Ojalá pudiera ser como el mago en *El mago de Oz* y hacer la presentación detrás de una cortina.

El recreo va a ser mucho más difícil que almorzar sin Jenny. Hace demasiado frío afuera, así que nos vamos a quedar en el gimnasio. Allí siempre me siento más sola que en el patio, donde al menos puedo esconderme debajo de un tobogán.

Decido llevar mi cuaderno y mi bolígrafo al gimnasio. Quiero prepararme para la presentación. Así que me siento en las gradas y abro el cuaderno en una página en blanco. Escribo "Presentación" en letras grandes en la parte superior y lo subrayo tres veces.

Pienso.

Y vuelvo a pensar.

Y requetepienso.

Nada. Nada de nada.

Frustrada, cierro el cuaderno.

Cuando miro alrededor, veo a Jessica saltando la cuerda con otras chicas. Parece divertido, pero me da mucha pena preguntarles si puedo jugar. Además, prefiero no tener que hablar con Jessica.

Por desgracia, Jessica se da cuenta de que las estoy mirando y hace una mueca.

—"Stella está en las estrellas" nos está mirando —grita.

—Quizás sea tonta —añade Bridget.

Cierro los puños cuando escucho la palabra "tonta" y siento que el corazón me late a toda velocidad. Tengo calor. Me estoy poniendo roja de la rabia. No me importa que la gente diga que soy rara o diferente, pero no que soy tonta.

—Yo no soy tonta —digo, levantándome.

Los ojos de Jessica se agrandan por un segundo. Parece sorprendida y hasta un poco nerviosa, pero eso dura solo un instante. Bridget comienza a reírse y Jessica se le une.

Afortunadamente, Stanley y Ben se acercan y les preguntan si quieren jugar al corre que te pillo.

—¿Quieres jugar, Stella? —me pregunta Stanley, volteándose hacia mí.

—Gracias, Stanley —murmuro mientras me vuelvo a sentar.

Si me hubiera preguntado si quería jugar a las escondidas, quizás le hubiese dicho que sí. Sé

esconderme muy bien y hoy parece ser un excelente día para esconderse.

Cuando llego a casa, me acuesto en la alfombra de la sala. Sentirse sola es agotador. Ojalá pudiera regresar a México.

Nick se acerca a la computadora, se sienta y la enciende.

—¿Un día difícil en la escuela? —pregunta mientras comienza a jugar un videojuego.

Me le acerco.

—¿Nick?

—Ajá... —dice mi hermano, concentrado en la pantalla.

Me resulta difícil hablar.

—¿Sabías que somos *aliens*? —digo.

Nick hace una pausa en el juego y me mira.

—Sabes que no somos *aliens* del espacio exterior, ¿verdad? No eres como E.T. —dice.

—Lo sé, pero *aliens* significa que somos diferentes.

—Sí, suena mal, pero no es tan malo —dice.

Mi hermano abre una nueva ventana en la computadora y teclea. Luego señala la pantalla. Me muestra un sitio web que parece del gobierno.

—Mira, aquí está la definición. *"Alien"* es un individuo que no es ciudadano estadounidense.

Me muerdo el labio y digo que sí con la cabeza.

Al ver que eso no me convence, mi hermano escribe algo más en la computadora y aparece una nueva ventana.

—Mira, la palabra *"alien"* viene de la palabra latina *alienus*, que significa extraño o extranjero.

—Eso no me hace sentir mejor —digo.

—Tienes razón, somos *aliens*, pero no eres un bicho raro. Eres mi hermana —dice.

—Pero, entonces, ¿por qué algunas chicas de la escuela dicen que soy rara? Hoy una de ellas me llamó tonta, lo cual no es verdad —digo, y me cruzo de brazos.

Nick parece triste. Nunca le había dicho que a veces las chicas se burlaban de mí.

—*Mana*, no eres ninguna tonta. Eres la niña de casi nueve años más genial e inteligente que conozco —dice.

—Lo dices por decir algo —digo, y miro al suelo.

—No, no lo digo por decir algo —dice Nick, levantándome la barbilla—. Además, ¿sabías que personas tan brillantes como Albert Einstein fueron *aliens*? Einstein era alemán, y era un genio, ¿verdad?

Digo que sí con la cabeza de nuevo.

—La madre de Jenny es una *alien* —continúa mi hermano.

Es cierto, y si ella no se hubiese mudado aquí nunca habría conocido a Jenny, lo que hubiera sido terrible.

—Además, yo también soy un *alien* y ¿no te parezco genial? —dice Nick, poniéndose la mano en el pecho.

—Más o menos —bromeo.

Nick se ríe.

—La palabra *alien* solo significa que venimos de otro lugar, y algunos de esos lugares de donde vienen los *aliens* pueden ser maravillosos. ¿Te imaginas si hubiéramos nacido aquí? Si no fuéramos mexicanos, ¡mamá no sabría hacer esas albóndigas tan ricas!

Suspiro. No había pensado en eso.

—Sus albóndigas no tendrían sabor.

Eso me tranquiliza un poco. Me gusta cuando

Nick me escucha. Aun así, no puedo evitar un salto en el estómago cuando pienso en la presentación.

—¿Qué te pasa? —pregunta Nick.

Me parece tan comprensivo que decido contarle.

—Tengo que hacer una presentación de cinco minutos frente a toda la clase sobre mi projecto. Estoy muy nerviosa —confieso, y me cubro la cara con las manos.

—Recuerdo la primera vez que tuve que hacer una presentación. Fue aterrador —dice Nick.

Miro a mi hermano y me parece increíble lo que acaba de decir. Es muy bueno en las presentaciones escolares. Una vez lo vi participar en un debate frente a toda la escuela.

—No tengo idea de qué hacer... —digo, rascándome la cabeza.

—Bueno, lo primero que haremos es practicar —dice.

Suspiro.

—Ya sé que te parece ridículo, pero lo tienes que hacer —añade Nick—. Y, quién sabe, tal vez mamá nos pueda llevar al acuario Shedd. Es posible que lo necesites para tu presentación —añade.

¿El acuario Shedd? ¡Nick es tan inteligente! No hemos visitado ese acuario, pero siempre he querido ir. Está en el centro de Chicago y durante mucho tiempo fue el acuario más grande del mundo.

Me lanzo encima de mi hermano para abrazarlo.

—Ya, está bien —dice, abrazándome.

Puedo ver una pequeña sonrisa de satisfacción en su rostro.

—Verás que todo va a salir bien. Podemos investigar un poco más y buscar algunas ideas para tu presentación —dice.

—¡Sí! —exclamo.

—Y no te preocupes. Te ayudaré, *manita* —asegura mi hermano, dándome un codazo. Luego, pone los dedos sobre su cabeza como si fueran antenas—. Nosotros los *aliens* trabajamos en equipo —añade.

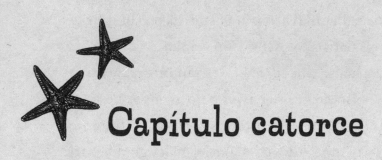

Capítulo catorce

—¡Stella, siéntate aquí!

Jenny me llama desde el otro lado de la cafetería. Camino hacia ella con mi bandeja y, cuando estoy cerca, veo que Anna está junto a ella. Las manos me comienzan a temblar, lo que hace que el pudín de chocolate se tambalee en la bandeja. Me siento al lado de Jenny. Anna me saluda con la mano.

—Gracias por dejarme sentar con ustedes —dice Anna—. Mi mejor amiga, Isabel, está enferma. Siempre almorzamos juntas —añade, haciendo un puchero.

Dejo escapar un suspiro de alivio. ¡Menos mal! Anna tiene su propia mejor amiga.

—No hay problema. Es difícil almorzar sin una

buena amiga que lo acompañe a uno —digo, sonriendo, mientras me como un pedazo de pollo.

—Gracias, Stella. ¿Quisieras intercambiar un
trozo de apio por un pedacito de pollo? —pregunta
Anna.

—Claro —respondo, sonriendo.

Cualquier persona que esté dispuesta a compartir comida conmigo puede ser mi amiga. A medida
que conversamos, me doy cuenta de por qué Jenny
es amiga de Anna. La chica tiene un gato, un pez de
colores y es muy chistosa. De hecho, puedo imaginarme almorzando con ella de nuevo... y hasta con
Isabel.

—¿Ya tienen listas sus tarjetas del Día de San
Valentín para mañana? —pregunta Jenny—. ¡Yo sí!

—No veo la hora de que llegue la fiesta de la
clase —dice Anna, asintiendo.

Mantengo los labios cerrados.

—Yo casi. Las terminaré esta noche —logro
decir.

Normalmente, ya las hubiera terminado, pero
este año ha sido un poco complicado elegir las

tarjetas. Mi mamá me hace entregarle una a cada uno de mis compañeros de clase, incluso a los que no me caen bien. A la mayoría les puedo escribir algo simple como "Feliz Día de San Valentín". Funciona hasta para Jessica, a quien *tengo* que darle una. Pero este año no sé qué tarjeta darle a Stanley. "Feliz Día de San Valentín" me parece aburrido. Tampoco puedo darle la tarjeta de "Sé mi San Valentín", y de ninguna manera le daría la que dice "¿Quieres ser mío?".

Cuando regreso a casa, por fin escojo una tarjeta que dice "Eres el mejor" para Stanley, porque es la verdad. Paso mucho tiempo escribiendo su nombre. Espero que cuando la lea se dé cuenta de que soy una chica normal. Así mejorarían las cosas y quizás pudiésemos terminar siendo amigos.

Mientras escribo los nombres de mis compañeros en el resto de las tarjetas, Nick mira *Tiburón* en la televisión.

—Aunque no lo creas, estoy tratando de ayudarte con tu presentación —dice.

¡Auxilio! Tengo que esconderme detrás del sofá durante la mayor parte de la película. De todas las criaturas marinas, los tiburones blancos son los que más miedo me dan. La gente dice que no suelen atacar a los humanos, pero después de ver la película no estoy muy segura de eso. Al gran tiburón blanco de la película parecía gustarle atacar a la gente.

Al día siguiente, llevo las tarjetas a la escuela. El salón está decorado con globos y corazones. Veo a mi mamá en un rincón, colgando una serpentina. Siempre se toma un día libre en el trabajo para ayudar en las fiestas escolares. Me gusta mucho que venga a la escuela porque es muy

agradable y se lleva bien con todos. Además, mi mamá habla por ella y por mí, así que la sigo a todas partes mientras camina por el salón.

Estoy comiéndome una magdalena cuando veo a mi mamá hablando con Stanley. Nunca le he hablado de él. Stanley se acaba de cortar el pelo y se le ve muy suave.

—Me encanta tu corte de pelo —dice mi mamá—. Mi hijo, Nick, se lo corta así mismo. ¿Te importa que lo toque? Se ve tan suave como el pelo de un oso de peluche.

Stanley sonríe.

—Sí, claro —responde.

Mamá le alborota el pelo a Stanley.

—Sí, parece como si fuera de un oso de peluche —dice mi mamá.

Ambos se ríen y Stanley se pone un poco colorado. Eso me sorprende. Nunca pensé que pudiera sonrojarse.

Entonces siento que alguien se me acerca por detrás.

—¿Te estás escondiendo detrás de tu *mami*? —me susurra Jessica en el oído.

Me volteo molesta. Mi mamá también se voltea. Al parecer, Jessica no fue lo suficientemente discreta. Mi mamá se pone de pie.

—Sí, soy la mamá de Stella. Encantada de conocerte —le dice a Jessica.

Jessica se queda boquiabierta y tan blanca como el papel. La sorprendieron con las manos en la masa.

—Sí, esta es mi mamá —digo con una sonrisa de oreja a oreja.

Jessica no dice nada y se aleja. ¡Tener a mi mamá cerca es estupendo!

Después de la fiesta de San Valentín, mamá me lleva a casa. En la radio comienza a sonar mi canción favorita. Abro la boca para cantar, pero mi mamá baja la música.

—¿Sabes, Stella? Alguien solo puede hacerte sentir mal si tú lo dejas. Son solo palabras.

Mi mamá me habla mirándome a través del espejo retrovisor. Se ve preocupada. Detesto que se sienta así. Tenía la esperanza de que nunca lo supiera.

—A mí no me parece que solo sean palabras. Además, tú tienes mucha suerte porque a ti todos te quieren —digo.

—No todos me quieren. Solo que no voy a dejar que nadie me haga infeliz. Créeme, te funcionaría a ti también. Te lo aseguro —dice para animarme.

Miro por la ventanilla del auto. Al detenernos en un semáforo, mi mamá extiende su mano y se la agarro con todas mis fuerzas.

—Eres mucho más fuerte de lo que te imaginas. Es por eso que tu nombre quiere decir *Estrella*. Tú eres mi estrella. Puedes brillar en la oscuridad —dice mi mamá.

—¿Me juras que no estás mintiendo? —pregunto, y la miro por el espejo.

—Te lo juro —responde mi mamá, mirándome a los ojos.

—Gracias —digo, y aunque no estoy muy convencida sé que mi mamá nunca miente.

Capítulo quince

—¡Stella, qué delfín tan hermoso!
—dice la Sra. Bell al mirar mi proyecto—. ¿Crees que
me puedas hacer un favor? Mañana necesitaremos
un afiche para el concurso de ortografía de tercer
grado. Ya que eres tan buena dibujando delfines,
¿te gustaría hacer el afiche?

—¡Sí! —respondo, entusiasmada.

—¡Maravilloso! Te daré
los materiales —dice la Sra.
Bell.

Desde que le mostré el libro
de *El capitán Roberto y Mono*, la Sra.
Bell me ha estado dando proyectos

adicionales. También me da dado ideas para escribir más historias, aunque algunas no son muy buenas. Me encanta que me hable como si yo fuera una escritora de verdad.

El delfín es la mascota de mi escuela. El último día de primer grado, votamos por una nueva mascota. Francamente, yo voté por el delfín, pero en aquel entonces confundía a los delfines con los pingüinos. Cuando empezaron las clases, me decepcioné al ver un mural de delfines en la escuela en lugar de un mural de pingüinos. Fue entonces cuando comencé a interesarme por los animales marinos.

—Ven, Stella. Vamos al armario a buscar los materiales que necesitas —dice la Sra. Bell.

Juntas, seleccionamos purpurina, marcadores y una cartulina. La Sra. Bell me lo da todo dentro de una bolsa.

—Estoy ansiosa por ver lo que dibujarás —dice, emocionada.

Tan pronto llego a casa, dibujo un delfín saltando en el mar y escribo en letras grandes: "Concurso de ortografía". Pongo purpurina sobre las olas para darle un toque mágico al afiche. Estoy tan feliz, que se lo muestro a Pancho.

—¡Mira, Pancho! —digo, emocionada.

Mi pececito nada como una flecha alrededor de la pecera. Estoy segura de que eso quiere decir que le gusta.

A la mañana siguiente, observo con orgullo el afiche mientras me como el cereal. Me parece genial que todos puedan ver el afiche que he hecho. Entonces, me pongo a pensar en el concurso de ortografía. No me molesta mucho deletrear en voz alta, pero nunca en mi vida he participado en un concurso de ortografía.

—¿Alguna vez has participado en un concurso de ortografía? —le pregunto a Nick.

—Ajá. Son muy divertidos. Vamos a practicar —dice.

—Está bien.

—Deletrea "Pie Grande" —dice mi hermano, riendo.

Me pongo a protestar.

—Está bien. Deletrea "cocodrilo'" —dice Nick.

Me quejo de nuevo.

Mamá nos mira mientras toma el café.

—Estoy segura de que lo harás fantástico —dice.

A pesar de lo que dijo mi mamá, estoy muy nerviosa a la hora del almuerzo. Lauren se ha sentado con Jenny y conmigo. Desde el día que almorzamos juntas, se sienta con nosotras un par de veces a la semana, cuando no está leyendo. Estoy a punto de preguntarle a Jenny sobre el concurso de ortografía, cuando Jessica se acerca.

—La mesa de las chicas raras —dice.

Pienso en lo que me dijo mi mamá el día de San Valentín. Entonces, en lugar de mirar a Jessica, la ignoro. Siento que el corazón me late a toda velocidad, pero miro hacia otro lado y sigo hablando con Jenny.

—¿Qué planes tienes para el próximo sábado? Mi mamá dijo que podíamos ir al cine —digo.

Jenny me sigue el juego.

—Oh... Llevaré caramelos.

Jessica se enoja.

—¿No escucharon lo que dije? —dice.

—¿Acaso no oyes un murmullo? —dice Jenny, llevándose la mano a la oreja.

—Nada que valga la pena —respondo.

—¡Bah! —dice Jessica, y se marcha molesta.

—¿Y qué le pasa a ella? —susurra Lauren.

Nos encogemos de hombros y Jenny y yo chocamos las manos. Después, le doy un buen mordisco a mi delicioso sándwich de mantequilla de maní. No sé si hubiera podido ser tan valiente sin Jenny. Entonces, me doy cuenta de que mi mamá tenía razón y, de repente, me siento menos nerviosa para el concurso de ortografía.

Finalmente, llega la hora del concurso. Veo mi afiche en el escenario. Las otras clases de tercer grado también hicieron afiches, pero todos los niños de mi clase están de acuerdo en que el mío es el mejor.

—¡Te quedó genial! —me dice Michelle.

Stanley opina lo mismo. O, al menos, eso me parece. En cuanto comienza a decir algo del afiche, me alejo. Pero luego recuerdo que se sonrojó el día de San Valentín y siento la obligación de agradecerle.

—Gracias —digo, y me volteo antes de que él pueda decir algo más.

Como todos los estudiantes de tercer grado participan en el concurso de ortografía, Jenny está en la cafetería. Me apuro para sentarme a su lado. Está junto a Anna y otra chica. Anna se ve muy contenta, supongo que es porque tiene a su lado a su mejor amiga, Isabel. Solo se es tan feliz cuando se está cerca del mejor amigo.

Saludo a Jenny, a Anna y a la otra chica.

—Hola, Isabel —susurro.

La chica me devuelve el saludo. Tenía razón.

Nuestra directora, la Sra. Richards, está en el escenario con un micrófono. Lleva puesto el broche de delfín que solo usa en ocasiones especiales.

—¡Bienvenidos, estudiantes de tercer grado! ¡Hoy es el concurso anual de ortografía! Van a participar por orden alfabético, por supuesto. Hay premios para quienes lleguen a la segunda ronda... ¡y un gran premio para el primer lugar! —dice.

Todos aplaudimos. Los premios en nuestra escuela son muy buenos. Los chicos han ganado camisetas, lápices en forma de delfín y hasta pizza.

—¡Ojalá nos den pizza! —le digo a Jenny, bajito, y ella asiente.

La Sra. Richards llama al escenario a todos los estudiantes con apellidos que comienzan con la letra A. Me empiezan a sudar la frente y las manos. No sabía que teníamos que subir al escenario. Trisha Abrahams es la primera en dirigirse al micrófono.

—Trisha, por favor, deletrea la palabra "feliz" —dice la Sra. Richards.

Trisha mira a su alrededor.

—Feliz: F, E, L, I, S. Feliz —dice.

La Sra. Richards presiona un timbre que produce un gran ruido: *eeeerrorrr*.

—Lo siento, Trisha, la respuesta está mal. Gracias por intentarlo. Regresa a tu asiento en la audiencia —dice, y se voltea hacia Jessica—. Jessica Anderson, ¿puedes deletrear la palabra? —pregunta.

—Sí. Feliz: F, E, L, I, Z. Feliz —dice Jessica bien alto para que todos la oigan.

La Sra. Richards presiona otro timbre que hace *tilín*, como si fuera una campanita.

—¡Correcto! Jessica, por favor, toma asiento en el escenario —dice.

No quiero escuchar el timbre de *eeeerrorrr*. ¿Qué tal si me toca una palabra que no sé deletrear o, lo que es peor, que no sé ni decir?

Comienza a dolerme el estómago. Tal vez, podría ir a ver a la enfermera. Ojalá mi mamá no tuviera que trabajar. Algunos de los otros chicos se van a casa después de ir a la enfermería, pero mi mamá solo puede recogerme si se trata de una emergencia. Quizás esta es una emergencia. ¡Un dolor de estómago podría ser signo de alguna enfermedad grave!

Antes de que pueda concebir un plan de escape, escucho:

—Que suban al escenario todos los chicos cuyo apellido comience con la letra D.

Miro a Jenny.

—No quiero ir —murmuro.

—Lo vas a hacer bien, Stella —dice Jenny, dándome unas palmaditas en la espalda.

Me hace sentir un poco mejor pero, al caminar hacia el escenario, siento que las piernas me tiemblan como si fueran un flan.

Hay dos estudiantes delante de mí. Las luces son tan brillantes que ni siquiera puedo ver lo que está pasando.

—Stella Díaz, ¿puedes acercarte al micrófono? —dice de pronto la Sra. Richards.

Trago en seco, asiento con la cabeza y me acerco al micrófono. Me tiemblan las manos y cada centímetro de mi cuerpo.

—Stella, por favor, deletrea "desaparecer" —dice la Sra. Richards.

Me congelo. Desearía poder desaparecer. Si la deletreo mal, ¡todo el mundo se va a reír de mí! Miro a la Sra. Bell y después a Jenny. Ambas me están sonriendo. Me siento un poquito mejor, pero es como si tuviera algodón de azúcar atascado en la garganta. Entonces, recuerdo que mi mamá dijo que soy más fuerte de lo que me imagino.

Cierro los ojos.

—Desaparecer. D, —empiezo.

—Más fuerte, cariño —dice la Sra. Richards.

Asiento con la cabeza.

—D, E, S, A, P, A, R, E, C, E, R. Desaparecer —digo.

¡Escucho *tilín*!

—¡Correcto! Tienes la oportunidad de pasar a la siguiente ronda. Toma asiento en el escenario —dice la Sra. Richards.

Estoy sorprendida. ¡Eso no estuvo tan mal! Mi voz no sonó tan rara en el micrófono. Sonó bien.

Me siento a esperar la próxima ronda. En realidad,
estoy ansiosa por participar de nuevo.

Toma mucho tiempo que participen todos los
estudiantes. Hay cerca de ochenta en total, por lo
que se escuchan muchos *tilín* y *eeeerrorrr*. Jenny
pasa a la siguiente ronda y, por supuesto, Stanley
también.

La siguiente palabra que debo deletrear es "aprendizaje" y sé cómo deletrearla.

—A, P, R, E, N, D, I, Z, A, J, E. Aprendizaje —digo.

Siento que el *tilín* suena un poco más especial esta vez.

Llego sin dificultad hasta las semifinales, hasta que deletreo mal la palabra "crisantemo". Honestamente, escuchar *eeeerrorrr* no me resultó tan molesto como pensaba, especialmente porque solo quedaban seis estudiantes en el escenario.

Estoy tan concentrada en el concurso de ortografía que solo me doy cuenta de que llegué a las semifinales cuando recibo una cinta rosada con una estrella dorada que dice "semifinalista". Chris Pollard ganó el concurso al deletrear la palabra "grega-rismo". ¡Ni siquiera sé lo que significa!

Stanley también recibe una cinta rosada, y eso me

sorprende. Pensé que sería el ganador. Tal vez nos parecemos en algunas cosas.

Jenny me ayuda a ponerme la cinta mientras pasamos frente al mural de los delfines. Luego, entrelazamos los brazos y empezamos a decir *tilín* y *eeeerrorrr*.

—Tal vez así suenan los delfines. No, mejor, ¡hagamos como robots! —le digo a Jenny.

Entonces, comenzamos a caminar como robots y nos reímos.

Durante el resto del día camino orgullosa con mi cinta rosada.

"Me gustaría tanto mostrársela a mi mamá —pienso—. Quizás la presentación no me salga mal".

Y, esta vez, estoy por creerlo.

Capítulo dieciséis

Cuando mi mamá llega a la casa, forma un gran alboroto al ver la cinta del concurso de ortografía.

—¡Mi bebé! —grita.

Por lo general, no me gusta cuando dice "mi bebé" en público, pero cuando lo hace en casa me dan ganas de abrazarla más fuerte.

—Esto hay que celebrarlo. ¿Qué tal un viaje a la biblioteca y después un helado de yogur?

—S, Í. Sí —deletreo en voz alta.

Me parece un excelente plan. Sobre todo porque me encanta ir a la biblioteca.

Mamá se cambia de ropa. En cuanto Nick y yo

la vemos con sus *jeans* y su sudadera, sabemos que es hora de irnos.

—¿Buscarás libros para tu proyecto, Stella? —pregunta mi mamá al tomar las llaves del auto.

—Me gustaría leer un libro sobre las estrellas de mar. ¿Sabías que, si una estrella de mar pierde un brazo —digo, escondiendo uno de mis brazos detrás de la espalda—, puede hacer que le salga uno nuevo? —añado, mostrando el brazo que había escondido.

—¿Sabías que algunas personas son tan fuertes como las estrellas de mar? —me pregunta mi mamá, asintiendo con la cabeza.

—¿Qué quieres decir? ¿Te refieres a los superhéroes? —pregunto.

Mi mamá se echa a reír.

—Quiero decir que algunas personas tienen que pasar por cosas difíciles y pueden recuperarse, como, por ejemplo, Frida Kahlo —responde.

—¡Oh! —digo—. ¿Y quién es Frida Kahlo?

—Te contaré más sobre ella en el auto —dice mi mamá—. Era una mujer fascinante.

Resulta que Frida Kahlo fue una pintora mexicana que hizo pinturas muy hermosas. Sufrió un accidente de autobús cuando era muy joven y tuvo que permanecer en cama durante meses. Durante ese tiempo, aprendió a pintar. Luego se convirtió en una de las pintoras más famosas del mundo.

—¡Increíble! —exclamo al escuchar la historia de Frida. Me siento orgullosa de haber nacido en el mismo país que ella.

—Podríamos buscar un libro sobre ella en la biblioteca —dice mi mamá cuando entramos al estacionamiento.

La biblioteca de mi escuela es muy buena, pero ¡la biblioteca pública cerca de mi casa es genial!

Tiene tres niveles y muchos sitios donde sentarse en la sección infantil. Me gusta ir a ver los libros que no son de ficción, sobre todo los que son sobre animales marinos con muchísimas fotos.

En la biblioteca también hay exposiciones y se hacen concursos de arte. Una vez obtuve el tercer lugar en uno. Había que dibujar una escena de un libro favorito y yo dibujé una de *James y el melocotón gigante*. Dibujé el momento en que el melocotón se queda atascado en la parte superior del Empire State Building. Encontré una foto del edificio y me fijé en ella para dibujarlo. Luego dibujé varias gaviotas que se veían muy pequeñas. Mi mamá enmarcó el dibujo. Dice que algún día será muy valioso.

Cuando llegamos a la biblioteca, veo un letrero cerca de la puerta que dice "Presentación de escritor local en el auditorio".

—¿Podemos ir, por favor? —pregunto. Si digo "por favor", mi mamá casi siempre dice que sí.

Mi mamá mira el reloj y yo la miro con ojitos de cachorro suplicante. Al final asiente y me da un beso en la cabeza.

—Comienza en treinta minutos. Hay que darse prisa —dice Nick, dirigiéndose a la sección donde están los cómics.

Busco más libros sobre animales marinos en lo que mi mamá busca uno sobre Frida Kahlo y algunas novelas de misterio.

Como he investigado para mi proyecto en esta biblioteca, sé exactamente dónde están los libros sobre los animales marinos. Me gustaría agregar unos cuantos peces más a la investigación y conseguir fotos para la página de estrellas de mar en la que estoy trabajando. Encuentro una foto de una estrella de mar de color púrpura con los bordes anaranjados.

Nick se acerca a mí con un montón de cómics.

—¡No veo la hora de ponerme a dibujar! —le digo.

—Estoy seguro de que quedará genial, como el resto de tus dibujos, Srta. Frida Kahlo —dice.

Me río con nerviosismo.

—¿Crees que tengan una estrella en el acuario Shedd? —pregunto.

—Tal vez. Pero mamá está muy ocupada en el trabajo, así que no sé exactamente cuándo iremos —dice Nick, encogiéndose de hombros.

Nick me ha ayudado mucho con la presentación. Le dijo a mi mamá que debíamos visitar el acuario. Entre ambos hemos estado pensando en cómo hacer mi presentación más interesante. Mi hermano piensa que debería disfrazarme de pescador. Eso me sonó un poco aburrido. Luego se me ocurrió construir un submarino. Solo necesito terminar la investigación para comenzar a trabajar en él.

—Vamos, campeona, ¡es hora de irnos! —dice Nick.

Tomo la mano de mi hermano y corremos hacia mi mamá, que nos espera cerca del auditorio.

Entramos justo cuando comienza la presentación. No solo se trata de un escritor local, ¡sino de una escritora de libros para niños! ¡Y es una chica! Comienza la presentación leyendo en voz alta algunos de sus libros. ¡Es emocionante! Después cuenta cómo se hizo escritora. Creció en Texas, como Stanley, y cuando era pequeña tenía problemas para hablar, como yo. Confundía las letras y todo el mundo pensaba que no era inteligente. Por ese motivo, leía y escribía mucho. Fue entonces que decidió que cuando fuera grande iba a ser escritora.

—Es una estrella de mar —le susurro a mi mamá.

Mi mamá me rodea con el brazo y me besa la cabeza. Entonces, me doy cuenta de que yo también soy una estrella de mar. Al fin y al cabo, mi nombre significa Estrella.

Cuando llego a casa, dibujo la estrella de mar púrpura y anaranjada.

—No se lo digas a nadie, pero tal vez quiera ser escritora algún día —le digo a Pancho en cuanto termino.

Pancho no me contesta. Es muy bueno guardando secretos.

Capítulo diecisiete

Estoy leyendo sobre los narvales cuando mi papá nos recoge. El narval es un tipo de ballena. La gente piensa que tiene un cuerno gigante, pero en realidad es un diente. Los narvales son muy especiales porque no se dejan ver frecuentemente. En los años sesenta y setenta, trataron de mantenerlos en cautiverio, pero no funcionó porque los narvales se morían cuando estaban presos.

Solo veo a mi papá una o dos veces al año y, en esta ocasión, es justo antes de las vacaciones de primavera. Mi papá está en Chicago por una semana con mi tío Carlos. Al parecer, él y mi tío asistirán a una convención relacionada con su trabajo.

Mi papá llega a buscarnos en un carro nuevo, como siempre. A él no le gusta viajar en avión, así que seguramente condujo desde Colorado. Es un carro deportivo, de esos que corren a mucha velocidad. Cada vez que veo a mi papá, anda en un carro diferente. Mientras nos ponemos el cinturón de seguridad, nos dice que nos va a llevar a una bolera.

—¡Estupendo! —dice Nick.

No digo nada. Nunca he jugado a los bolos, así que no sé qué esperar.

—¿Van a pagar ustedes? —dice mi papá, riendo, cuando llegamos a la bolera.

Miro a Nick. Mi hermano no se está riendo y sé por qué. Nunca sabemos si mi papá va a pagar o no cuando nos invita a algún lugar. Mamá tampoco lo sabe, así que siempre nos da algo de dinero por si acaso él nos hace pagar.

—Nick, es una broma —dice mi papá.

Nick no mueve ni un músculo del rostro. Mi papá se encoge de hombros y va a la caja.

—Un adulto y dos niños —dice, abriendo su billetera.

Veo que lleva una foto de Nick de cuando era pequeño y la foto de un bebé.

—¿Quién es? —pregunto, señalando la foto.

—¡Tú! —dice.

—¿De verdad? —pregunto, sorprendida.

—Sí, eres tú. Es la primera foto de pasaporte que te tomamos, antes de mudarnos a Estados Unidos. ¡Vamos a ponernos los zapatos!

No puedes usar tus propios zapatos en la bolera. Te prestan unos geniales con muchos colores.

—Quizás me guste jugar a los bolos —le digo a Nick después de ponerme los zapatos, y comienzo a caminar apoyando los talones como Dorothy en *El mago de Oz*.

—Vamos, zapatitos multicolor —dice Nick.

Caminamos hacia la pista y papá escribe

nuestros nombres en una computadora. Luego, me enseña varias bolas diferentes para que escoja una. Encuentro una anaranjada brillante que creo poder cargar.

—Las damas primero —dice mi papá.

Me gusta cuando papá dice que las chicas deben ir primero. Nick me tira una trompetilla.

Dejo de reirme cuando me acerco al carril. El suelo es resbaladizo y me pongo nerviosa tratando de levantar la bola. Es demasiado pesada.

—¿Qué hago? —pregunto.

—Esto no tiene ciencia. Solo deja rodar la bola —dice Nick.

Me sonrojo, pero esta vez me pasa porque estoy molesta. Solo porque soy nueva en algo no significa que sea tonta. Desearía ser un narval en este mismo instante para pinchar a Nick con mi

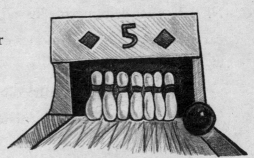

diente gigante. Por lo pronto, le saco la lengua. Luego lanzo la bola, pero ni si quiera pasa cerca de los bolos.

Mis dos primeros lanzamientos van directo a la canaleta. Luego, le toca a Nick. Mi hermano lo hace mejor que yo y derriba algunos bolos. Mi papá es un experto. Los derriba todos. No sé mucho del juego, pero por su estilo parece un profesional.

—¿Por qué eres tan bueno? —le pregunto.

—Solía jugar mucho a los bolos cuando era jovencito —dice, amarrándose el cordón de un zapato—. No era muy cercano a mis padres. Ellos estaban más preocupados por sus fiestas que por tu tío y por mí. Cuando fui lo suficientemente grande para no necesitar una niñera, comencé a pasar todo el tiempo con mis amigos jugando bolos o billar.

Me siento triste por un segundo. Nunca había pensado en la niñez de mi papá. Parece que fue un poco solitaria. Me encanta estar con mi mamá y con Nick.

—¿Me podrías enseñar a jugar a los bolos? —le digo a mi papá.

—Claro que sí, mi cielo.

Primero, me muestra cómo pararme. Después, me enseña cómo impulsar el brazo. Finalmente, me dice cómo soltar la bola. Cuando lo hago sola, la bola va más despacio que antes, pero va derechito hacia los bolos. De hecho, derribo algunos. ¡Casi todos!

—¡Así se hace, Stella! —dice Nick, y chocamos los cinco.

Mi papá me da un beso en la cabeza. Yo sonrío. Por un instante, echo de menos tenerlo cerca.

Terminamos de jugar bolos y papá nos deja en la casa.

—Antes de que se vayan —dice, tomando una caja del asiento trasero—, les traje unos abrigos nuevos.

Veo las etiquetas. Son de la tienda de mi tío. Me pruebo el mío. Es demasiado grande. Además, es rosado y peludo. Me gusta el color, pero un abrigo rosado entero me parece una exageración. Aun así, le doy las gracias.

Miro a Nick y me río con disimulo. Su abrigo es demasiado pequeño. Le queda tan apretado que ni siquiera puede bajar los brazos.

—Parece que creciste mucho. ¡Vas a ser tan alto como tu tío! —dice mi papá.

Nick se encoge de hombros y le devuelve el abrigo.

—Te enviaré otro —dice mi papá.

Nick me mira. Ambos sabemos que eso nunca va a suceder.

Le doy un abrazo de despedida a mi papá y me vuelvo a sentir triste. No es que sea malo, es que simplemente no sabe cómo ser un buen papá. Pienso en los hombres que solían cazar narvales; pensaban que estos eran parientes de los unicornios. No sabían que los narvales eran mamíferos marinos y que no eran mágicos. Creo que parte de lo que le pasa a mi papá es que no sabe qué debe hacer. Al parecer, no recibió un buen ejemplo de sus padres. Nick y yo somos afortunados porque al menos tenemos a mi mamá.

Nick me pasa el brazo por encima mientras regresamos a casa. Cuando abrimos la puerta, huelo

algo delicioso. Mi mamá está en la cocina prepa-
rando albóndigas. Corro hasta ella y la abrazo con
fuerza por la cintura.

—¡Stella, me sorprendiste! —dice mi mamá.

—Te quiero, mami —digo, mirándola.

—Yo te quiero más —dice mi mamá, abrazándome.

Capítulo dieciocho

Hoy cumplo nueve años, lo que signi-fica que soy lo suficientemente grande como para cuidarme sola.

Este año mi cumpleaños cae sábado y no tengo que ir a la escuela. Eso es bueno porque no pude dormir anoche pensando en el día de hoy. Anoche, mi mamá fingió no recordar mi cumpleaños mientras comíamos comida china.

—Mamá, ¿haremos algo especial mañana? —pregunté.

—No estoy segura. ¿Deberíamos? —dijo mi mamá, guiñándome un ojo.

—Pero mañana no es un día especial. De hecho, es el día del año más aburrido de todos —dijo Nick.

Le saqué la lengua y luego abrí mi galleta de la fortuna.

Me fui a dormir un poco preocupada, pero luego me pareció escuchar que en- volvían regalos y sentí olor a pas- tel recién horneado en medio de la noche.

Así que cuando escu- cho a mi mamá entrar de puntillas en mi habitación con un pastel con velitas encendidas, con- firmo que ella y Nick no lo habían olvidado. Me cantan "Feliz cumpleaños" y yo apago las nueve velas de una vez. ¡Estoy muy feliz!

En nuestros cumpleaños, siempre comemos pas- tel en el desayuno. Mi mamá preparó mi favorito: pastel de coco con cajeta, que es un dulce de leche muy rico. Mi mamá le puso encima algunas rodajas de mango. Corro a la cocina para agarrar los platos mientras mi mamá y Nick me siguen.

Cuando llego a la cocina, veo varios regalos sobre la mesa. Incluso hay uno para Nick, porque mi mamá siempre dice que debemos celebrar el que seamos hermanos. Como soy una buena hermana, dejo que él sea el primero en abrir su regalo.

Pero, antes, le doy una tarjeta que hice con el dibujo de un dragón de mar. Los dragones de mar son como los caballitos de mar, pero parece que tuvieran hojas. La tarjeta dice: "¡Para el mejor hermano mayor! Te quiero, Stella".

Dibujé el dragón porque, si mi hermano fuera un animal marino, sería un dragón de mar. Siempre me cuida como lo hacen los dragones marinos machos. Además, los dragones de mar llevan a los más jóvenes en las colas. Nick todavía me lleva a cuestas algunas veces. Por último, a él también le gustan los dragones. Es el único animal que le gusta dibujar.

—¡Gracias, *mana*!

—¡Ahora es el turno de Stella! —dice mi mamá.

Grito de la emoción y abro mis cuatro regalos, uno a la vez. El primero es un sobre, ¡con entradas para el acuario Shedd!

—¡Esto me ayudará a terminar el proyecto! —digo—. ¡Gracias, mamá!

—¡Qué bien, mamá! —exclama Nick.

Luego abro el segundo regalo. *¡James y el melocotón gigante!*

—Ya no tienes que ir a la biblioteca para leerlo —dice mi mamá.

—¡Gracias! —digo, y doy un salto para abrazarla.

Mi mamá es la mejor. Antes solía darme muñecas de regalo, pero se dio cuenta de que me gustan más los libros y los materiales de arte.

El tercer regalo es una caja grande. ¡Contiene 128 lápices de colores para pintores de verdad!

Hasta ahora solo tenía veinticuatro colores. Tampoco tenía colores en tonos metálicos. Ahora podré dibujar superhéroes con capas en tonos metálicos para mi hermano. El otro día vi a Stanley dibujando un superhéroe en la escuela y le estaba quedando espectacular.

—¡Puedes usar los colores metálicos para dibujar los detalles de tu submarino! —dice Nick.

Mi hermano siempre sabe qué decir. Choco los cinco con él.

El último regalo es muy pequeño, del tamaño de una nota. Lo abro. Es una tarjeta. Por fuera dice: "Para la mejor hija". Por dentro, tiene escrito: "Ve al garaje".

—¡Otra sorpresa! —grito corriendo hacia el garaje—. ¡Me encantan las sorpresas!

En medio del garaje hay una bicicleta roja, ¡y sin ruedas de entrenamiento a los lados! A mi mamá y a Nick les gusta montar bicicleta por el barrio los fines de semana. Me ponía un poco celosa de ellos porque se iban sin mí. Pero no quería acompañarlos porque mi bicicleta tenía ruedas de entrenamiento, así que me quedaba jugando en casa de Jenny.

—¡Estupendo! —digo, saltando de alegría—. ¿Podemos pasear en bicicleta ahora?

—Primero tienes que desayunar —dice mi mamá, y me guiña un ojo.

—¡Trato hecho! —digo.

Después de comer dos pedazos de pastel, me cambio de ropa y agarro mi casco. Quería salir a montar bicicleta en pijama, pero a mi mamá le pareció que el pijama se me iba a enredar en las ruedas.

Llevamos las bicicletas hasta el parque, al otro lado de la calle, para practicar. Me pongo el casco.

—¡Estoy lista! —grito.

Pongo un pie en un pedal, pero la bicicleta comienza a tambalearse. Intento poner el otro pie en el otro pedal. La bicicleta se tambalea aún más. Es *mucho* más difícil de lo que pensaba. ¿Y si me caigo? Miro alrededor. Peor aún, ¿y si alguien me ve?

—Me da miedo —le digo bajito a Nick.

Mi hermano se me acerca y sujeta la bicicleta.

—No te preocupes. Pon los dos pies en los pedales —dice.

Le hago caso mientras sujeta la bicicleta.

—Ahora, pedalea —dice Nick.

Lo intento, pero me detengo y pongo los pies en el suelo.

—Mamá, ¿y si me caigo? —digo, comenzando a temblar.

Mamá se me acerca.

—Todos nos hemos caído alguna vez, Stella —dice mi mamá.

—Hasta yo, que soy casi el mejor en todo, al principio también me caía —dice Nick, tocándome el casco.

—¿De verdad? —pregunto.

—Pero... mi chiquitita, si no quieres montar, no tienes que hacerlo hoy —dice mi mamá—. Es tu cumpleaños y haremos lo que tú quieras.

—Sí. Podemos jugar videojuegos y hasta dejaré que me ganes —dice Nick, dándome un codazo.

Respiro profundo.

—No, lo intentaré. Soy más fuerte de lo que me imagino. ¿Verdad, mamá? —digo, valientemente.

Mi mamá dice que sí con la cabeza.

Lo intento varias veces con Nick sujetando la bicicleta. Al igual que el dragón de mar, mi hermano sabe cuándo soltarme para que pueda nadar por mi cuenta. Finalmente, monto la bicicleta sin ayuda y, antes de que me dé cuenta, estoy dando vueltas por

el parque con mi mamá y con Nick. Mientras más monto, más segura me siento.

A medida que pedaleo, comienzo a imaginar todos los momentos divertidos que pasaré montando bicicleta con Nick y con Jenny. Me pregunto si Anna sabrá montar. Quizás podríamos salir todos juntos. Eso me emociona y empiezo a pedalear más rápido. Luego me pregunto si Stanley sabrá montar. Seguramente es muy bueno... pero, pensándolo mejor, quizás no. Stanley no siempre es el mejor en todo, simplemente es el mejor en muchas cosas. Por un momento, imagino a Stanley montando bicicleta con nosotros y pedaleo incluso más rápido.

Capítulo diecinueve

—¡**Genial!** —**digo al atravesar las** enormes puertas del acuario Shedd.

Me he quedado boquiabierta. Es mucho más hermoso de lo que imaginaba, con columnas gigantes y lámparas que cuelgan por todas partes.

Estoy muy contenta de poder visitar el acuario. Sé que la visita me ayudará a terminar el proyecto. Ya casi he completado todos los dibujos y he comenzado a trabajar en el submarino, pero necesito un poco más de inspiración para organizar la presentación. Todavía me pongo muy nerviosa cuando pienso que debo hacerla, aunque Nick me ha prometido que me va a ayudar a practicar.

—¡Es tan emocionante que me dan ganas de

deletrear la palabra "emocionante"! —digo, y luego deletreo—: E, M, O, C, I, O, N, A, N, T, E.

—Vamos, deletrea-dora —dice Nick, po-niendo los ojos en blanco.

Agarro un mapa y empiezo a averi-guar dónde está todo. Quiero ver especialmente el pez león, ya que será el último pez del que voy a hablar en la presentación. Los peces león son originarios del Océano Índico y el Océano Pacífico, pero muchos acuarios los tie-nen en exhibición.

A medida que nos adentramos en el acuario, miro los letreros que cuelgan del techo. El acuario es grandísimo ¡y está repleto de gente! Hay un área para dejar los abrigos, un área con guías turísticas y una larga fila para comprar las entradas.

Por suerte, mi mamá ya compró las nuestras, así que podemos ir directo a ver las exhibiciones.

—¿Lista? —pregunta mi mamá.

Le digo que sí con la cabeza y vamos a la sala de las medusas.

Al entrar, todo está oscuro y vemos un tenue resplandor que se vuelve más brillante a medida que nos acercamos a la pecera. El momento me parece mágico. Pasamos mucho tiempo mirando las medusas y decidiendo cuál nos gusta más.

—¿Sabías que no tienen cerebro? —digo.

—¡Increíble! —dice Nick.

Después de las medusas, vamos a ver una exhibición sobre el Amazonas. En la sala hay mucho calor y humedad. ¡Y no solo se pueden ver los peces! La exhibición recrea una pequeña selva con plantas y otras criaturas del Amazonas como tarántulas, monos ¡e incluso una anaconda! De los animales acuáticos del Amazonas, los que más le gustan a mi mamá son la raya leopardo y las mantas gigantes con rayas de cebra.

El que más me gusta a mí es el tambaquí, un pez que come una cantidad increíble de frutas. Luego, Nick nos pide detenernos en su exhibición favorita, la de las pirañas.

—Ten cuidado, Stella. Me han dicho que a las pirañas les gusta comer chicas de nueve años —dice Nick.

Pongo los ojos en blanco.

—¿Podemos ir a ver los dragones de mar? —pregunto.

Mi mamá y Nick están de acuerdo. Justo cuando entramos en la sala donde está el dragón de mar, veo a un chico rubio que me parece conocido. Enseguida me doy cuenta de quién es.

Stanley.

Stanley Mason.

—¿Qué hace aquí? —murmuro.

Me escondo detrás del mapa del acuario. Aunque ya me pongo menos nerviosa cuando está cerca, todavía no estoy lista para hablarle.

"¡Rápido!", pienso, e inmediatamente planeo una salida.

—Quise decir las tortugas marinas! —digo, y salgo caminando hacia otro pasillo.

Mi mamá y Nick se miran, intrigados.

—Lo que quieras, Stella —dice mi mamá.

Cuando llegamos a donde están las tortugas marinas, no veo a Stanley. Me relajo y me pongo a mirar las tortugas. Pareciera que estuvieran haciendo taichí, con la única diferencia de que, en lugar de hacerlo en el parque como mis vecinos, ellas lo hacen en el agua.

Entonces, escucho que Stanley dice:

—¡Increíble!

—Hay demasiada gente aquí. ¿Por qué no vamos a ver las nutrias? —le preguntó a mi mamá, y salgo caminando lo más rápido posible.

Mi nerviosismo desaparece en cuanto entramos a la sala donde están las nutrias. De inmediato, me doy cuenta de que esta es mi sala favorita en todo el acuario, y no es solo porque se siente más fresca. Las nutrias podrían ser las gimnastas olímpicas del mar. Giran, se retuercen y saltan alegremente en el agua. Quiero verlas mejor, así que persigo a una que está dándole la vuelta a la pecera y... ¡casi choco con

Stanley! Pero él está tan ocupado observando las nutrias que no se da cuenta. Esta vez, ni siquiera le digo nada a mi mamá o a Nick. Simplemente, salgo caminando hacia la siguiente sala.

—¡Espera! —dice mi mamá.

Nick y mamá no paran de perseguirme. Y así nos pasamos el resto del día. En vez de ver delfines, tiburones y pingüinos, veo a Stanley, Stanley y Stanley.

—¿Por qué no descansamos un poco? —dice mi mamá, cansada y un poco molesta por hacerla correr tanto de un lado a otro.

Vamos a la cafetería y pido dos bolas de sorbete de lima con nueces por encima, pero no me sirve de nada. Mi día en el acuario no es como había imaginado. Lo peor de todo es que me avergüenza demasiado contarles a mi mamá y a Nick sobre Stanley.

—¿Stella, estás bien? —me pregunta mi mamá, que me conoce a la perfección.

—Sí, solo que el acuario es muy grande y estoy cansada —digo, y recuesto la cabeza en la mesa de la cafetería.

—¿Sabes que me pareció ver a ese chico de tu clase que se llama Stanley? —dice mi mamá.

—¿De veras? —digo, con la cabeza aún sobre la mesa.

Si mi mamá pudiera verme la cara, sabría que estaba mintiendo. No me gusta mentirle, pero siento demasiada vergüenza como para decirle la verdad.

—Bueno, seguramente me equivoqué —dice mi mamá, y comienza a trenzarme el pelo.

Eso me calma un poco.

—Podemos volver en otro momento si prefieres —dice mi mamá de pronto—. Pero, ¿por qué no buscamos otro regalito de cumpleaños en la tienda?

Levanto la cabeza. ¡Otro regalo! En cuanto entramos en la tienda del acuario, sé exactamente lo que quiero. Debajo del pulpo gigante, en medio de la tienda, hay un libro enorme titulado *La mejor guía sobre criaturas marinas*. Está lleno de imágenes que me gustaría dibujar. Abrazo el libro, cierro los ojos y deletreo:

—¡I, N, C, R, E, Í, B, L, E!

Entonces, escucho que alguien repite:

—¡Increíble!

Es Stanley. Quiero correr, pero no puedo. Mi mamá y Nick están muy cerca. Si salgo corriendo de la tienda, van a pensar que algo anda mal, cuando lo único que sucede es que soy demasiado tímida para hablar con Stanley. Veo que Stanley tiene en las manos el mismo libro que yo y, de repente, recuerdo lo que me dijo Jenny: sé como Sherlock Holmes y usa el poder de la deducción. Entonces, se me ocurre la pregunta perfecta cuando pienso que Stanley está en el acuario y piensa que el libro es maravilloso. Respiro profundo y trago en seco.

—¿Te gustan los animales marinos, Stanley? —pregunto bajito.

—¡S, Í! —deletrea Stanley. Abre el libro y señala el pez león—. Éste es mi pez favorito.

—¡Es uno de mis favoritos también! —digo—. Es el último pez en mi proyecto sobre los animales marinos.

—¡Genial! —dice Stanley—. ¿Sabes? También iba a

hacer el proyecto sobre los peces, pero vi tus dibujos y me di cuenta de que los míos nunca serían tan buenos. Así que decidí hacerlo sobre los monos. Estoy construyendo un móvil de monos.

Estoy sorprendida. ¿Stanley vio mi proyecto? Nunca pensé que le interesaría.

—He querido decirte lo bien que dibujas, pero creo que no te caigo bien. Siempre tapas tus dibujos cuando me acerco y te alejas antes de que pueda hablarte —dice Stanley.

—¡No es cierto! —digo con rapidez—. Tengo muchos libros de arte, si quieres verlos. Me sirven de inspiración a la hora de dibujar.

—¡Me encantaría! —dice Stanley—. ¡Eso sería genial!

Stanley abre el libro que tiene en las manos y empieza a señalar sus peces favoritos. Yo comienzo a hacer lo mismo. Entonces, me doy cuenta de que no tiemblo y no tengo que pensar en lo que voy a decir. Hablar con Stanley es algo normal, como hablar con Nick o con Jenny.

—Stanley, ¿qué vas a hacer para tu presentación? —pregunto.

—¡Me voy a disfrazar de mono! ¿Y tú? —dice Stanley.

—No sé todavía.

—¡Deberías disfrazarte de Jacques Cousteau!

"Qué gran idea", pienso.

—Pero, además de disfrazarme de mono me gustaría hacer algo más. No puedo volver a comprar a la gente con galletas —añade Stanley.

—¿Qué quieres decir? —pregunto, confundida.

—Reparto galletas cada vez que llego nuevo a

una escuela y quiero ganarme a mis compañeros. Es un truco que me enseñó mi mamá.

Me río bajito, recordando las galletas de cumpleaños de Stanley. No puedo creer que estuviera nervioso en ese momento. Se veía tan fresco como una lechuga.

—A las mamás siempre se les ocurren las mejores ideas —digo.

En ese momento, se acerca el papá de Stanley.

—¿Y quién es esta señorita? —dice, con acento tejano.

—Oh, es Stella. Está en mi clase y a ella también le encantan los peces. Es muy buena en matemáticas y ortografía, y es la artista de la clase —dice Stanley.

Creo que voy a estallar de la alegría.

—Los peces son simplemente I, N, C, R, E, Í, B, L, E, S —deletreo.

—¡Qué buena amiga te has buscado! Deberían jugar juntos. Desde que nos mudamos aquí, has estado buscando con quién pasear en bicicleta. ¿Sabes montar bicicleta, Stella? —me pregunta el papá de Stanley.

Nick se acerca.

—Stella es excelente montando bicicleta —dice Nick, dándome un apretón en el hombro—. No te preocupes, practicaremos más —me susurra al oído.

Mi mamá también se acerca y me toma de la mano.

—Hola, Stanley —dice.

Alzo la cabeza y miro a mi mamá. Me preocupa que esté molesta conmigo por haberle mentido, pero no lo está. Por el contrario, sonríe de oreja a oreja y me guiña un ojo.

—No sé ustedes, pero yo me muero de hambre. ¿Quién quiere ir a comer pizza? —pregunta.

Nick y yo levantamos la mano.

—Stanley, ¿te gustaría venir con nosotros? —dice mi mamá.

—¿Podemos ir, papá? —pregunta Stanley.

—¡Por supuesto! ¡Estamos locos por probar las pizzas de Chicago! —dice el papá de Stanley.

—Mamá, ¿te importaría si vamos a ver al pez león antes de irnos? —pregunto—. Es el último pez de mi proyecto. Sin querer, se me olvidó mirarlo.

Mamá asiente y los cinco nos dirigimos a ver el pez león.

Aunque está en uno de los tanques más pequeños, el pez león no me decepciona. Luce incluso mejor en la vida real.

—Vaya, se mueve tan despacio —dice Stanley, señalando un pez león blanco y negro.

Asiento.

—Me pregunto si es por su forma. ¡Casi parecen pavos reales! —digo.

Stanley sonríe. Creo que piensa lo mismo. El pez león tiene rayas alrededor de todo el cuerpo.

—No parece muy contento —dice Nick.

Me río. El pez león parece que está haciendo pucheros.

—Tal vez tiene hambre. ¿Sabías que puede estar hasta tres meses sin comer? —digo.

—¡Genial! —dice Stanley.

—No sé ustedes, chicos, pero yo no soy un pez león —dice Nick—. Vamos a comer pizza.

Todo el mundo se ríe y nos vamos a la pizzería. Hablamos y hojeamos el libro que compré mientras comemos una pizza deliciosa. Tengo que limpiarme las manos y la cara constantemente con la servilleta, pero no me importa. Me alegra poder compartir mi nuevo regalo con los demás. Sonrío mientras me limpio la salsa de tomate por enésima vez. Mi nuevo libro es un regalo de primera categoría, pero el mejor regalo de todos es cómo terminó mi cumpleaños.

Capítulo veinte

Al despertarme el día de la presenta-ción, estoy feliz de ir a la escuela. Puede que sea porque ahora tengo nueve años o porque el curso escolar está por terminar, pero últimamente me han salido muy bien las cosas. Me fue bien en el concurso de ortografía, sé montar bicicleta y Jessica ya no me molesta.

No es que Jessica no haya seguido tratando de molestarme, sino que ahora la ignoro. Tener más amigos también ha ayudado. Significa que no estoy sola para lidiar con sus pesadeces y que es menos probable que me diga algo. El almuerzo también es más divertido porque Lauren, Isabel y Anna se sientan a almorzar más a menudo con Jenny y conmigo. De vez en cuando hablo con Lauren en el salón, a pesar de que a las dos nos gusta estar calladas. Ya no huyo de Stanley y no tengo miedo de que piense que soy rara; ahora somos amigos.

Y lo mejor de todo es que estoy lista para hacer la presentación. Me voy a disfrazar de Jacques Cousteau, como me sugirió Stanley, lo cual va con mi submarino. El submarino lo hice con una lámina de plástico y le pegué los dibujos de peces por fuera. Tanto Jenny como Stanley me ayudaron. Jenny recortó los peces y Stanley se aseguró de que luciera lo más real posible.

—Los submarinos tienen claraboyas y reactores nucleares —me dijo.

—Creo que no le voy a poner los reactores nucleares —le contesté.

Nick me ayudó a ensayar la presentación, como había prometido.

—No la hagas de memoria. Relájate. Tampoco te conviene leerla. Eso sería aburridísimo —dice Nick.

Practicamos la introducción, donde me presento como Jacques Cousteau. Es tan buena que la repito delante de mi mamá.

—Mi nombre es Jacques Cousteau. ¡Bienvenidos al maravilloso mundo de los peces! ¿Se han preguntado alguna vez quiénes viven en el mar? Pues bien, ¡hoy se lo voy a contar! —digo.

Mi mamá aplaude.

A la hora del desayuno, Nick me anima.

—Recuerda que el primer minuto es el más difícil. Lo demás es pan comido —dice.

—Tan fácil como romper un huevo —respondo.

—Así es, Sr. Cousteau —dice Nick, y me estrecha la mano.

Ojalá Nick pudiera ir conmigo a la escuela. Por suerte, mi mamá sí puede acompañarme. Quiere ayudarme a armar el submarino y también tenemos cita con la Sra. Thompson para hablar de mi dicción.

Cuando nos acercamos a la escuela, veo a un chico disfrazado de mono. Lo saludo con la mano.

—H, O, L, A, Stanley —digo.

—¡Hola, S, T, E, L, L, A!

Me pongo un poco nerviosa cuando mi mamá se reúne con la Sra. Thompson. Creo que estoy mejorando la dicción, pero uno nunca sabe. Espero afuera de la oficina mientras ellas conversan. Después de unos minutos, mi mamá y la Sra. Thompson salen. ¡Y mi mamá viene sonriendo!

—Qué ropa tan interesante, Stella —dice la Sra. Thompson.

Le llama la atención que lleve una camiseta con cuello de tortuga azul, pantalones azules y un gorro rojo.

—¡Soy Jacques Cousteau! —digo.

—¡Oh, por supuesto! —dice la Sra. Thompson—.

Stella, siento decirte que debemos despedirnos. Le he dicho a tu mamá que no es necesario que sigas tomando clases de dicción.

Suelto un chillido. Estoy muy feliz.

—Pero quiero que leas en voz alta por las noches para que practiques —añade la maestra.

—Se lo prometo   digo.

—Cuídate, Stella.

Me despido de ella, y mi mamá y yo salimos caminando hacia el salón de clases.

—¿Puedes creer que me preguntó si tu papá iba a regresar? —dice mi mamá.

Estoy muy contenta de no tener que responder esa pregunta nunca más.

Cuando llegamos al salón, armamos el submarino. Mi mamá no puede quedarse todo el día porque tiene que trabajar, así que seré la primera en hacer la presentación.

—Te sentirás más relajada si la haces antes que los demás —dice mi mamá.

Para que me relaje un poco, mi mamá y yo damos algunos saltos. Noto que Jessica nos está mirando fijamente. Lleva puesto su traje de equitación.

—Buena suerte con tu presentación, Jessica —dice mi mamá.

Jessica se cruza de brazos y se voltea. Levanto la vista para mirar a mamá y ella me acaricia la cabeza. Mi mamá es la mejor.

Luego, camino hasta el frente de la clase, pero en cuanto abro la boca me sonrojo. Siento que el cuello de tortuga me aprieta como si fuera una boa constrictora.

—Hola... —digo con voz temblorosa—. Me llamo...

—Más alto —dice alguien.

Miro a Jessica, que se ve muy contenta. Puedo imaginarme lo que está pensando. Empiezo a dudar de mí misma y entonces miro al resto de la clase. A mi izquierda, Stanley está disfrazado de mono. Me hace un gesto con el pulgar para que continúe.

—Mi nombre es Jacques Cousteau —digo un poco más segura.

Vuelvo a mirar a mis compañeros. Esta vez veo a

la Sra. Bell parada en medio del salón, muy sonriente.

Respiro profundo y continúo.

—¡Bienvenidos al maravilloso mundo de los peces!

Mi mamá me toma fotos desde una esquina. Siento que, rodeada de las personas que me quieren, mi estrella de mar interior toma el control de la situación.

—¿Alguna vez han querido saber quién vive en el mar? —pregunto.

Ben, Lauren y un grupo de chicos dicen que sí con la cabeza.

—Pues bien, ¡hoy se lo voy a contar!

Como de costumbre, Nick tenía razón con lo del primer minuto. ¡Después, todo es mucho más fácil! Señalo los diecinueve peces que hay en mi submarino, muchos más de los que necesitaba para el proyecto. Pero, con peces con nombres como pez globo y peto, no me pude resistir. Mientras más hablo, más me emociono, ¡y cuando termino todos aplauden! Enseguida corro para abrazar a mi mamá.

—Lo hiciste fantástico, Stella —dice mi mamá, y decide quedarse para ver la presentación de Stanley, que también es genial.

Stanley usó monos del juego *Barrel of Monkeys* para crear un móvil, e imprimió datos sobre los monos en papeles con forma de plátano. Además, se ve muy cómico con su disfraz y hasta imita los sonidos que hacen los monos. Aplaudo muy fuerte cuando termina. No hizo falta que trajera galletas a la escuela para ganarse a los demás.

La presentación de Lauren también es muy buena. Trajo el loro de su tío, como dijo que haría. Pero resulta que el loro no habla, sino que silba. Lauren habla muchísimo durante su presentación, así que le sonrío cada vez que puedo para animarla.

La presentación de Jessica es la más aburrida de todas. La lee de un cuaderno y muestra algunas diapositivas de caballos. Como siempre, Jessica no parece nerviosa. Entonces, pienso que quizás eso no sea tan bueno. A veces es bueno sentir un poco de nerviosismo que lo obligue a uno a esforzarse trabajando.

Al final del día, la Sra. Bell nos entrega las calificaciones de nuestros proyectos. Me da tres estrellas de oro y una A con tres signos de más. También dibuja una carita feliz en la parte superior de la hoja.

Me llevo las manos a las mejillas porque me duelen de tanto sonreír. ¡No puedo parar! No solo hablé en voz alta frente a toda la clase, sino que lo hice bien. Hoy, realmente estuve a la altura de mi nombre. Realmente fui una estrella.

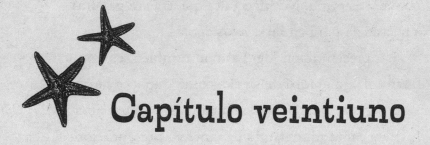

Capítulo veintiuno

Aunque ha llegado el verano y hemos terminado los proyectos de animales, continúo leyendo sobre los animales marinos. Mi nuevo animal favorito es la nutria; sobre todo, desde que las vi en el acuario. Parecen osos de peluche con su pelaje grueso y suave. Mientras investigaba para el proyecto, aprendí que, cuando duermen, se sujetan las patas unas a las otras para protegerse.

Ya soy demasiado grande

para ir siempre de la mano de alguien, pero si fuera una nutria tendría muchas personas a quienes aferrarme. Me aferraría a Nick, a mi mamá, a Jenny y a mi familia de México. Y, si Stanley y yo fuéramos nutrias, seríamos buenas amigas.

Jenny y yo estamos hablando de hacer una fiesta de pijamas con Anna e Isabel. Nunca antes había planeado una fiesta de ese tipo tan grande.

El inicio oficial del verano en mi familia es el día que caminamos hasta Oberweis para comprar helado. Por supuesto, podríamos ir en carro, pero caminar es mucho más divertido. Paseamos por diferentes barrios donde hay todo tipo de casas. Unas parecen un pan de jengibre, otras parecen castillos y otras tienen piscinas. Me gusta imaginar lo diferente que sería mi vida si viviéramos en una de esas casas grandes. Entonces miro a mi mamá y a Nick y me siento satisfecha. Mientras caminamos, jugamos a los espías, nuestro juego favorito. Mi mamá siempre comienza.

—A ver, chicos. ¿A dónde iremos en nuestra misión? —pregunta.

—A Rusia —digo.

En todas las películas de espionaje, los espías están en Rusia.

—¡Qué buena idea! —dice Nick—. Mi nombre es Boris.

—Y el mío Natasha —digo.

Mi mamá se ríe. Entonces, simulamos que nos están persiguiendo. Corremos entre las casas y Nick les dice a los perros que se callen mientras caminamos de puntillas. Cuando llegamos a Oberweis, nos morimos de las ganas de comer helado.

Suelo pedir sorbete de lima con nueces, pero hoy quiero probar algo diferente. Pido helado de yogur de fresa con ositos de gominola por encima. Nick siempre pide un helado de galletas con crema. Sin embargo, a mi mamá le gusta cambiar de sabor. A veces pide helado de café, otras, de nueces o de chocolate. Se lleva la mano a la barbilla, hace una pausa y me mira.

—¿De qué tengo cara hoy? —pregunta.

—Sin lugar a dudas, tienes cara de helado con sabor a nueces —respondo.

Nick pone los ojos en blanco.

—¿Por qué tengo que vivir con dos locas? —dice.

—No estamos locas, solo somos creativas —respondo, y cruzo los brazos.

Entonces, me pongo dos dedos sobre la cabeza como si fueran las antenas de un *alien* y Nick me alborota el pelo.

Después de comer helado, me encuentro con Stanley y Jenny para montar bicicleta en el estacionamiento de la escuela.

—Stella, ¿puedes montar bicicleta sin sujetar el manubrio? —pregunta Stanley.

—¡Eso me da miedo! —exclamo.

Stanley y Jenny sueltan los manubrios por un segundo y se ponen a gritar.

—Esto es muy D, I, V, E, R, T, I, D, O —dice Stanley.

Jenny está de acuerdo.

—Inténtalo, Stella —dice.

Empiezo a sudar cuando levanto un brazo y luego el otro. Siento que tiemblo, pero tengo menos miedo del que imaginé.

Suelto un grito. ¡Se siente genial!

Alzo los brazos por encima de la cabeza. Después, Stanley y Jenny se me unen y los tres gritamos juntos.

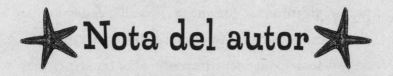 Nota del autor

Stella Díaz tiene algo que decir está inspirado en mi infancia. ¿Cuánto tiene de verdad? Bueno, yo diría que un 82,9 por ciento cierto, para ser exactos.

Al igual que Stella, tuve problemas con el inglés y el español, tomé clases de dicción durante tres años y tuve una mejor amiga vietnamita. Tuve la fortuna de contar con un hermano mayor bastante bueno y una madre divertida, aunque mi padre no fue tan genial. También nací en México y me encantaba ir a la biblioteca. No crecí cerca de Chicago, pero me encanta el acuario Shedd. Es mi acuario favorito. El nombre de mi hermano es Alejandro, no Nick, y el nombre de mi mejor amiga es Mimi, no Jenny. Adoro los peces, pero no tanto como Stella.

Escribí *Stella Díaz tiene algo que decir* para compartir algunos de los maravillosos recuerdos de mi infancia, pero también para compartir algunos de los desafíos de ser diferente y las frustraciones de ser incomprendido. Al igual que Stella, tardé un tiempo en darme cuenta de que las personas son solo personas, aunque parezcan más geniales, más inteligentes o interesantes que uno. Nunca lo sabes hasta que hablas con ellos.

Más que nada, espero que, después de leer *Stella Díaz tiene algo que decir*, puedas descubrir tu estrella de mar interior. Yo descubrí la mía. Stella me dio la motivación para tomar clases de español y, finalmente, empezar a sentirme cómoda con el idioma. Nunca olvides que eres mucho más fuerte de lo que te imaginas. Te sorprenderá lo que puedes lograr.

⭐ Agradecimientos ⭐

Siempre me encantó leer los agradecimientos en
los libros. Son como ventanitas sobre cómo se
creó el libro. Pero, sobre todo, los leía con la esperanza de que, tal vez algún día, pudiese escribir
mis propios agradecimientos.

Increíblemente, aquí los escribo por primera vez
¡y espero que no sean los últimos!

En primer lugar, quisiera agradecer a mi
querida amiga Erika Lutz por revisar los primeros
borradores de este libro cuando era apenas una
maqueta de ilustraciones. También, por leer mis
primeras historias cuando estaba en San Fran-
cisco. Erika es una de esas personas con las que
siempre puedes contar y, por eso, será mi amiga

toda la vida. En segundo lugar, me gustaría agradecer a Linda Pratt, mi agente literaria. Linda me dio la confianza para retomar la idea, que ya había desechado, de hacer un libro ilustrado sobre una niña tímida llamada Stella, y para luego convertirla en un libro por capítulos. Sin ella y sus inestimables comentarios, no estoy segura de que lo hubiera intentado.

Además, me gustaría dar las gracias a mi increíble y extraordinaria editora, Connie Hsu. Debo admitir que me sentí abrumada cuando sugirió que la historia debía ser al menos tres veces más larga, pero le estaré eternamente agradecida de que lo haya hecho. Gracias por trabajar conmigo durante nueve meses antes de que el libro tuviera incluso contrato, y también por la orientación que me prestaste después. Este libro no existiría sin ti. Muchísimas gracias a todos en Roaring Brook, especialmente a Kristie Radwilowicz, Elizabeth Holden Clark, Aimee Fleck y Megan Abbate. Un gran reconocimiento a Ruth Chan y a Eda Kaban por leer casi todos los borradores de este libro (y hubo muchos). Además, tengo que agradecer a mi novio, Kyle, por cocinarme albóndigas y por su apoyo mientras trabajaba en las ilustraciones finales.

Debo agradecer a las siguientes personas que inspiraron esta historia: mi adorable hermano mayor, Alejandro, Chris Pollard, Mimi Le, Anna Gonzalez, Isabel Roxas, mi padre, mis maestros y todos los Stanley Masons de la vida real que me hicieron sonrojar.

Por último, mi mayor agradecimiento es para mi madre. Gracias, mamá, por creer siempre en mí, por leer cada borrador y por tu fortaleza, inspiración y apoyo continuos. Te amo más de lo que amo las albóndigas, lo que, como bien sabes, significa mucho.